Thomas Kraft · Tomaten aus Tulsa · Stories

THOMAS KRAFT

# Tomaten aus Tulsa

STORIES

MaroVerlag

Die Handlung der Geschichten ist frei erfunden. Ähnlichkeiten mit lebenden oder verstorbenen Personen sind rein zufällig und unbeabsichtigt.

Bibliografische Information der Deutschen Nationalbibliothek:
Die Deutsche Nationalbibliothek verzeichnet diese Publikation in der Deutschen Nationalbibliografie;
detaillierte bibliografische Daten sind im Internet über http://dnb.d-nb.de abrufbar.


1. Auflage

Umschlagfoto: © plainpicture/Maria Kazvan
Satz aus der Sabon bei VerlagsService Dietmar Schmitz GmbH, Heimstetten
Druck und Bindung: MaroDruck, Augsburg
ISBN 978-3-87512-472-9

# Federbruch

»Wie lange dauert es noch?«

»Keine Ahnung.« Fred schnippt die Kippe durch das Fenster. »Diese verdammte Straße führt wahrscheinlich ins Nirgendwo.« Verächtlich blickt er auf die Landschaft links und rechts der Piste. »Nichts als Sand und Steine. Da kotzen sogar die Klapperschlangen.«

»Du bist ein Idiot.« Rita zieht eine ihre legendären Schnuten und verschmollt sich ins Hintere des Campingbusses.

»Mach doch ein paar Liegestützen. Das ist gut für deinen Hormonspiegel.« Fred greift zur Schachtel und will sich eine neue Zigarette anstecken. Der Zigarettenanzünder funktioniert nicht.

»Scheißding, nun mach endlich! In dieser Karre geht ja gar nichts.« Es hätte nicht viel gefehlt und er hätte den Anzünder aus dem Fenster geworfen.

»Darf ich dich daran erinnern, dass allein du diesen Bus eingerichtet hast?« Rita kräht mit ihrer stets etwas beleidigt klingenden Stimme und stößt sich, weil der Wagen gerade in ein Schlagloch fährt, unsanft ein Knie am Bett an.

»Mist! Kannst du nicht aufpassen, wo du hinfährst? Ich hätte mir fast das Bein gebrochen.« Sie flucht leise vor sich hin und reibt sich die lädierte Stelle.

»Was kann ich dafür, dass die hier keine Straßen bauen können? Oder kein Geld haben, um sie reparieren. Wenn ich jedem Loch ausweichen soll, kann ich genauso gut Slalom fahren. Und dann regst du dich wieder auf, weil dir schlecht wird.« Fred zuckt mit den Schultern. Er wird es ihr nie recht machen können.

Fred hat viel Zeit in den alten Ford Transit gesteckt, den er bei einem Händler für kleines Geld erstanden hat. Rita konnte er nur mit Mühe davon abhalten, den Innenraum zu desinfizieren. Fred hasst diesen Geruch. »Das stinkt wie 'ne Mischung aus Latrine und Leichenwagen!«, raunzte er missmutig. Er musste ihr versprechen, jeden Winkel des Wagens nass zu wischen. Als er das erledigt hatte, baute er mit einem Kumpel ein schmales Bett, eine Kochplatte mit einer Gasflasche und ein Spülbecken ein. »Fast wie ein fahrendes Hotel«, grinste Fred stolz. Rita mäkelte noch hier und da, was Fred manchen Seufzer abrang. Aber irgendwann fand sie das sandfarbene Gefährt dann doch ganz passabel und willigte ein, mit ihm im Sommer auf große Fahrt zu gehen. Fünf Wochen. Auf den Spuren der maurischen Eroberer.

»Autsch!« Rita schon wieder. Diesmal ist sie fast aus dem Bett gefallen. »Du machst das doch mit Absicht ...«

Wieder hat Fred nicht rechtzeitig vor einem Hindernis abbremsen und ausweichen können. Die Sonne steht tief und nimmt ihm fast jegliche Sicht. Er hat die Blende heruntergeklappt, aber das hilft auch nichts.

»Tut mir leid, mein Schatz. Aber die schmeißen hier lauter Müll auf die Straße und räumen die toten Tiere nicht weg. Ich hab da gar keine Chance.«

»Erzähl doch keinen Mist. Wahrscheinlich bist du nur eingepennt.« Rita klopft mit der Hand auf den Tisch. Das tut sie immer, wenn sie sauer ist. Fred weiß, dass sie sich schon wieder beruhigen wird, und tritt aufs Gas.

Sie haben jetzt schon über zweitausend Kilometer hinter sich. Es war nicht einfach gewesen. Biarritz lag im Dauerregen. Dann ins Baskenland, wo die Häuserwände mit Totenköpfen, Bomben und Friedenstauben bemalt sind.

»Ich dachte, wir fahren zusammen in den Urlaub«, beschwerte sich Rita. »Stattdessen sind wir mitten in einem Kriegsgebiet!«

Auf dem Markt von Avila verhandelte Rita mit Händen und Füßen, bis sie nach gefühlten drei Stunden ein Kilo Tomaten und ein paar Zucchini erstehen konnte. Alles war karg ringsum, erst Salamanca mit seiner Plaza Major versöhnte sie, es soll der schönste Platz Spaniens ein; Fred wusste, dass an der Universität schon Calderón, Cervantes und de Vega studiert hatten. Rita zog die Augenbrauen hoch.

Nun aber wollten sie wieder ans Meer, über enge, steile Straßen hangelten sie sich mit ihrem Gefährt durchs Gebirge, die schwarzen Silhouetten des Sandeman-Don und des riesigen Osborne-Stiers begleiteten sie nach Porto. Kurz vor der Stadt lernten sie in einer Bar Pedro kennen. Er hatte als Arbeiter bei VW in Wolfsburg am Fließband gestanden. Er lud sie zu sich nach Hause zum Essen ein. Seine Frau Maria kochte Paella, sie sprachen sogar ein wenig Deutsch, ihre Tochter war noch in Wolfsburg geboren worden. Mit ihr ging Rita ans Meer, doch als sie im Wasser schwamm, wurde sie von einer Welle erfasst und so heftig gegen den Strand gedonnert, dass sie am ganzen Körper blaue Flecken und eine leichte Prellung des Schlüsselbeins davontrug. Sie hatte die Kraft des Wassers völlig unterschätzt. Als sich Fred um sie kümmern wollte, wies sie ihn barsch zurück. Sie wollte allein sein und ging weg. Fred kannte diese Angewohnheit. Sie redete nicht gerne über Dinge, die sie belasteten. Meist lief sie dann stundenlang in der Gegend herum und kam merklich entspannter zurück.

In Lissabon lernten sie, dass die Bars am besten sind, bei denen viele Essensreste auf dem Boden liegen. Als sie über die drei Kilometer lange Hängebrücke, die Ponte 25 de Abril, fuhren, um nach Almada zu kommen, hielt Fred plötzlich mitten auf der Brücke an und bat

Rita kurzerhand, das Steuer zu übernehmen. Ihn zog es unausweichlich nach unten in die Fluten des Tejo, obwohl er schon extra auf der Mittelspur gefahren war. Er kannte das Gefühl, seit ihn sein Vater einmal über eine Burgmauer gehalten hatte. Höhenangst. Da half auch die große Christus-Statue nichts, die von Almada über das dunstige Lissabon herüberschaute. Ritas Spott machte es nicht besser. Dann erkundeten sie die Stadt mit einer rumpelnden Straßenbahn, die durch die engen, mittelalterlich anmutenden Gassen stach wie die Achterbahn auf dem Oktoberfest. Es fehlte nicht viel und Fred hätte Rita auf ihren neuen Rock gekotzt.

Jetzt half nur noch die Algarve, aber die Küste um Faro war eine einzige Enttäuschung. Ein schmaler Strand, abgerissene Klippen und oben lag breit verstreut der Müll. Nichts wie weg, da wollten sie nicht mal den großen Zeh ins Meer halten.

Nun also sind sie unterwegs Richtung Córdoba, schon fast auf dem Heimweg. Und es zieht sich. Die Landschaft ist öde und trocken, ab und zu steht ein Esel im Schatten eines Olivenbaumes, weit und breit kein Mensch. Wenn sie durch ein Dorf kommen, sind die Straßen ohne Leben und alle Fensterläden geschlossen. Geisterstädte. Fehlt nur noch, dass jetzt Django um die Ecke reitet, denkt sich Fred und spuckt aus dem Fenster.

»Kannst du nicht schneller fahren? Ich ersticke in dieser Hitze.«

»Wie soll ich schneller fahren? Erstens, du erinnerst dich, ist diese Straße löchrig wie ein Schweizer Käse. Zweitens gibt die Kiste nicht mehr her. Und drittens: Hast du in den letzten zwei Stunden irgendwo eine offene Tankstelle gesehen?«

Fred schaut in den Rückspiegel. Rita lümmelt mit genervtem Gesicht auf dem Bett und feilt an ihren Fingernägeln.

»Ich nicht. Also sollten wir sparsam mit unserem Sprit umgehen. Sonst können wir bald schieben. Und das willst du bestimmt nicht, oder?«

Rita gibt ihm keine Antwort, pustet nur verächtlich in die Luft. Sie ist immer schon ein launisches Mädchen gewesen, schwer ergründlich, das weiß Fred und kann damit leben, aber irgendwie ist sie in letzter Zeit verändert. Er hat keine Ahnung, was los ist. Aber etwas ist anders. Das spürt er, schon körperlich: Früher konnte sie nicht genug kriegen, aber seit ein paar Wochen schiebt sie ihn weg, wenn er sich ihr nähern will. Eigentlich seit sie aus dem Trainingslager zurück ist. Sie war mit ihrem Seminar bei einem Höhentraining in den Alpen. Seit ihrer Rückkehr ist da diese permanente Gereiztheit, wenn er sie anspricht und zu berühren sucht.

Während Fred das Radio anschaltet – *So take these broken wings/and learn to fly again/learn to life so free/and when we hear/the voices sing/the book of love will open up/and let us in* – und über ihre Beziehung sinniert, gibt es auf einmal einen Riesenschlag vorne an der Karosserie, als ob der Wagen über ein großes Hindernis gefahren und dann durchgesackt wäre. Aber er ist sich sicher, da lag nichts auf der Straße. Das hätte er bemerkt. Das Erstaunlichste ist, dass Rita nicht schreit. Normalerweise hätte er jetzt einen hysterischen Anfall erwartet. Aber nichts. Vielleicht ist sie in Ohnmacht gefallen, denkt er und muss unwillkürlich grinsen, weil ihm die Vorstellung gefallen würde. Fred hat mittlerweile den Wagen, der ganz leicht nach rechts auszubrechen drohte, zum Stehen gebracht. Er schaut in den Rückspiegel. Rita hält sich die Hand vor den Mund. Das ist das Beste, was du jetzt tun kannst, Baby, durchzuckt es Fred.

»Alles okay bei dir?« Rita nickt.

Fred nickt auch, öffnet die Tür und steigt aus. Er geht um das Auto herum auf die rechte Seite. Auf den ersten Blick ist nichts zu erkennen. Keine Delle, kein Schaden. Er scheint also tatsächlich nichts überfahren zu haben. Aber dann sieht er es. Der Stoßdämpfer ist gebrochen. Das Federbein, ermüdet, verschlissen, keine Ahnung, und jetzt einfach durch. Kann passieren. Aber warum, verflucht nochmal, mitten in dieser gottverdammten Einsamkeit? Hier ist weit und breit niemand. Kein Telefon, kein Abschleppdienst. Alle Ewigkeiten kommt mal ein Auto vorbei.

Das erste hält er an. Der Typ ist nett, hat aber kein Abschleppseil. In zehn Kilometern, sagt er, komme der nächste Ort. Cúllar. Vielleicht könne dort jemand helfen. Er wisse nicht genau, ob es dort eine Werkstatt gebe. Fred nickt. Der Mann fährt weiter.

»Was willst du jetzt tun?« Rita ist ausgestiegen, steht nervös, von einem Bein auf das andere steigend, im schmalen Schatten, den die Fahrräder und das Board auf dem Gepäckträger werfen.

»Keine Ahnung.« Fred zündet sich eine Zigarette an. »Wir können warten und hoffen, dass uns einer abschleppt. Wobei ich nicht weiß, ob das mit einer gebrochenen Feder überhaupt funktioniert. Oder wir versuchen, selbst irgendwie den nächsten Ort zu erreichen.«

»Und wie?«

»Langsam fahren. Ganz langsam fahren.«

Rita scharrt mit den Füßen. »Das kann ja Stunden dauern.«

»Klar.«

»Oh, Mann. Kannst du das nicht reparieren?«

»Das ist ein Stoßdämpfer. Sowas hat man nicht mal so eben als Ersatzteil dabei. So wie der durch ist, kann man den vermutlich nicht mal mehr schweißen. Muss ausgewechselt werden.« Fred macht eine Pause und schaut in die Ferne. »Außerdem könnte ich das sowieso nicht. Ich bin kein Automechaniker. Dazu braucht man eine Hebebühne und Spezialwerkzeug.«

»Ah, verstehe, nur was für Spezialisten«, höhnt Rita. »Vielleicht wäre ich besser mal mit einem in den Urlaub gefahren, der sich mit so was auskennt.«

»Was soll denn der Scheiß jetzt?«

»Ach, ist ja wahr. Ich hätte auch bequem mit Conny auf die Bahamas fliegen können. Stattdessen stehe ich jetzt mit einem Typen, der keine Ahnung hat, in dieser beschissenen Wüste und lass mir ein Loch in meinen Kopf brennen.«

»Setz einen Hut auf.« Fred gibt sich ganz ruhig, obwohl es in ihm brodelt. »Und steig ein, wir fahren jetzt los.«

Er setzt sich ans Steuer und tut so, als wäre es ihm egal, ob ihm Rita folgen würde. Im Schritttempo erreichen sie das nächste Dorf. Ein Hotel ist schnell gefunden, es gibt nur das eine. Eher ein Wirtshaus mit zwei Fremdenzimmern, in denen seit Jahrzehnten niemand mehr übernachtet zu haben scheint.

»Sieht ja aus wie in *Tanz der Vampire*«, raunzt Rita. »Nur dass uns hier keine Vampire, sondern Wanzen und Kakerlaken auffressen werden.«

»Du kannst auch im Bus schlafen, wenn du möchtest.«

»Nicht, wenn er auf einer Hebebühne steht, du Idiot!« Rita knallt die Zimmertür hinter sich zu, und Fred weiß, dass sie nun wieder stundenlang durch die Gegend rennen wird.

In der Gaststube telefoniert er mit der Ford-Zentrale in Madrid und schildert den Fall. Die Dame ist freundlich und verspricht Hilfe. Nach drei Stunden, in denen Rita noch immer unterwegs ist und Fred seinen sechsten Kaffee getrunken hat, ruft sie zurück. In ganz Spanien sei leider dieses spezielle Ersatzteil nicht verfügbar. Sie schlägt vor, dass Fred besser mit dem ADAC in Deutschland sprechen solle. Der seufzt und ruft die Servicenummer an. Auch dort will man sich kümmern. Der Mann lässt sich Baujahr und Fahrgestellnummer geben und spricht mit dem Hersteller. Alles scheint kein Problem zu sein. Das Teil werde verschickt und sei in Kürze per Eilzustellung bei ihnen. Sie sollen sich keine Sorgen machen. Fred ist begeistert. Er geht in den Ort und sucht Rita. Er findet sie in einer kleinen Bar in einem schattigen Hinterhof mit einem Buch in der Hand. Sie reagiert verhaltener, als es sich Fred gewünscht hat.

»Du wirst sehen, alles wird gut. Morgen ist das Ding da. Ich gehe jetzt los und suche einen Mechaniker, der es einbauen kann. Okay?«

Rita nickt und wendet sich wieder ihrem Buch zu. Fred fragt sich durch und macht einen Mann ausfindig, der aber in erster Linie Traktoren repariert. Er schlägt ihm vor, mit einer Eigenkonstruktion den Schaden zu beheben. Der Mann verlangt relativ viel Geld und will keine Garantie übernehmen, dass das Rad bis Deutschland hält. Fred winkt ab. Zu unsicher. Er komme morgen mit dem Original-Ersatzteil wieder, das soll der Mann einbauen.

Abends lädt er Rita zu einem kleinen Snack im Gasthof ein. Sie haben nicht mehr viel Geld. Und wer weiß, was die Reparatur kostet. Die Federbetten in dem schäbigen Zimmer sind schwer und die Matratzen durchgelegen. Ritas Wortlosigkeit setzt Fred mehr zu, als wenn sie einen ihrer Wutanfälle bekäme.

Am nächsten Tag wartet Fred auf das Paket. Nichts. Auch am übernächsten Tag keine Nachricht aus Deutschland. Er ruft nochmals an. Alles sei auf dem Weg, wird ihm versichert, aber von hier aus könne kein genaues Lieferdatum genannt werden. Die Anspannung steigt. Rita geht morgens aus dem Zimmer und kommt erst am Abend zurück. Sie spricht kaum mehr ein Wort. Die Hitze drückt, den quietschenden Ventilator müssen sie nachts ausschalten, sonst können sie überhaupt kein Auge zumachen.

Am vierten Tag hat Fred genug und geht auf den Vorschlag des Mechanikers ein. Innerhalb von drei Stunden ist der Wagen fahrbereit und Fred seine letzten Geldreserven los. Ob es gutgehen wird? Der Mann macht den Eindruck, als verstünde er sein Handwerk, aber was heißt das schon? Sie haben keine andere Wahl und gehen das Risiko ein. Auf der Fahrt reden sie nicht viel. Rita schaut aus dem Fenster. In den Bergen beginnt es zu regnen. Die Montage hält, nach drei Tagen sind sie zu Hause.

Beim Auspacken fällt Fred zufällig Ritas Tagebuch in die Hände. Auch wenn er weiß, dass er das nicht tun sollte, kann er der Versuchung nicht widerstehen und blättert darin. Als ob ihm ein Unbekannter die Stelle gewiesen hätte, stößt er unvermittelt auf die Schilderung jener Tage, in denen Rita im Trainingslager gewesen war. Ihm stockt der Atem. Er liest, wie sich Rita mit einem anderen aus der Gruppe eingelassen hat. Keine großen Gefühle, Sex unter der Dusche, körperliches Begehren. Immer wieder. Sein Magen krampft sich zusammen.

Als er Rita damit konfrontiert, bricht sie kurz in Tränen aus. Dann packt sie ihren Koffer und verlässt die Wohnung.

Den Wagen hat Fred kurz darauf verkauft. Als er ihn vorher zur Werkstatt fährt, um die Reparatur begutachten zu lassen, versichert ihm der Monteur, dass die improvisierte Konstruktion des Traktorenmechanikers besser sei als das Original.

# The Honeymoon Killers

Frankreich muss es sein. Schon wegen der Liebe und dem ganzen Savoir Vivre. Ray hat die Idee, Martha findet sie romantisch. Nach den Feierlichkeiten setzen sie sich schnell ab und fahren in die Bourgogne. Ray hat für eine Woche ein Hausboot, eine Pénichette, für zwei Personen gechartert. In Joigny gehen sie an Bord. Kein Führerschein nötig, kurze Einweisung, dann Leinen los. Dass der Scheck, den Ray dem Vermieter gegeben hat, nicht gedeckt ist, bleibt vorerst unbemerkt. Verpflegung wollen sie unterwegs bunkern, Ray faselt was von Luft und Liebe, was Martha sofort veranlasst, den nächsten Supermarkt aufzusuchen.

Der Kahn ist weiß und verdammt lang. Ray hat alle Hände voll zu tun, um auf Kurs zu bleiben. Lenkt Ray vorsichtig nach links, passiert erst gar nichts. Plötzlich aber bricht das Heck aus, und Ray kurbelt panisch in die Gegenrichtung, um nicht gegen die Kanalmauer zu donnern. Das Boot ist schwerfälliger, als es aussieht, und reagiert nur verzögert auf die Anweisungen seines Herrn. Doch nun geht es zunächst geradeaus. Ein riesiger Kahn mit einer grölenden Meute rast auf sie zu. »Was machen die?«, schreit Ray. Martha ist kurz davor, von Bord zu springen. Ray tut das einzig Richtige, nämlich gar nichts. Starr wie ein Salzhering sieht er dem Schicksal entgegen. Knapp schrammen die launigen Trinkgesellen an ihnen vorbei. Es hätte gerade noch gefehlt, dass diese Idioten ihre

Enterhaken geworfen hätten. Stattdessen prosten sie ihnen lärmend zu. Ray zieht seinen Revolver und sorgt mit einem kleinen Warnschuss über die Köpfe hinweg erstmal wieder für Ordnung im Straßenverkehr.

Jetzt naht die erste Brücke. Das Schiff hat schwarze Gummipolster an allen Seiten, da macht eine kleine Kollision mit der Kanalmauer nicht so viel aus. Doch Ray hat der Ehrgeiz gepackt, er will das Boot beherrschen. Wie ein Cowboy im Kampf mit einem Bronco versucht er, diesem langen Stück Holz seinen Willen aufzuzwingen. Er stemmt sich mit dem Ruder gegen dessen hinterlistige Attacken, streichelt es sanft mit den Fingerspitzen, um den Punkt zu erfühlen, wann er wieder gegensteuern muss, schimpft mit ihm, verflucht es und gibt ihm dann wieder die lange Leine, wenn das Wasser gleichmäßig strömt und der Kahn endlich das tut, was er soll.

Martha hat sich vorne auf Deck geknallt und will die Sonne anbeten. Doch nun ist die erste Schleuse in Sicht, Martha muss runter vom Kahn und im Handbetrieb das Schleusentor schließen. Ray wirft ihr das Tau zu, mit dem sie das Boot am Haltepoller festmacht. Jetzt wird geflutet, der Wasserspiegel steigt. Es ist kein Schleusenwärter in Sicht. Martha muss die Leinen wieder losmachen und das Tor auf der anderen Seite öffnen. Mit einem Sprung, den ihr Ray nicht zugetraut hätte, ist sie wieder an Bord. Nun geht sie unter Deck und will die Koffer auspacken. Doch kaum ist sie unten, kommt die nächste Schleuse, »Martha! Kommst du?«, das Spiel beginnt von vorne. Diesmal ist da eine junge Frau, die ihr hilft. Sie bietet Wein und Honig zum Verkauf an, die Preise sind nicht günstig, aber Martha, dankbar für ihre Unterstützung, kauft eine Flasche und lässt nur zwei weitere heimlich mitgehen. Schließlich sollen das ihre Flitterwochen sein, da darf man sich was gönnen. Es folgen eine Hebe- und eine Drehbrücke, beide nur per Hand zu bedienen. Es dämmert schon, niemand ist da, Martha muss ran. Sieht nach Aktivurlaub aus.

Auxerre erreichen sie jetzt nicht mehr, Ray sucht eine Anlegestelle, was sich schwierig gestaltet. Der nächste Hafen ist noch fünf Kilometer entfernt, also wird auf freier Strecke geankert. Am Ufer finden sich zwei Bäume, um die Martha die Taue bindet. Sie zündet Kerzen an, Ray öffnet die erste Flasche. Schotten dicht, sie müssen aufpassen wegen der Moskitos. Baguette und Käse sind noch von der Autofahrt da, das muss reichen. Ray fällt ins Bett und schreckt in der gleichen Sekunde wieder hoch. Das Bett ist nass, offenbar hat es bei der letzten Fahrt durch ein offenes Fenster hineingeregnet. Notdürftig bauen sie um, dann endlich herrscht Ruhe an Bord.

Am nächsten Morgen gießt es in Strömen. Die Sicht ist gleich null, der Scheibenwischer schafft das Wasser nicht. Sie müssen warten, bis sich das Wetter ändert. Am Nachmittag klart es auf, sie fahren bis Auxerre, wo sie sich beim Landgang mit dem Nötigsten versorgen. Ein paar Quiches, Obst, Gemüse, Wein, Käse und Brot, fast wie richtige Franzosen. Kombüsendienst für Ray, dem das gar nicht schmeckt, Martha kümmert sich um trockene Wäsche. Mit einem Glas Chardonnay geht alles leichter. Über der Kajüte hängt ein kleines Schild: »Ein Skipper säuft nie ohne Grund.«

Gründe gibt es genug: Die Karten stimmen nicht, ständige Wartezeiten an den Schleusen, dauernd kurbeln und anleinen. Bis Clamecy, von Joigny nur siebzig Kilometer entfernt, passieren sie dreiundvierzig Schleusen. Von den Dreh- und Klappbrücken ganz zu schweigen. Ray beneidet die Angler, die am Ufer sitzen und entspannt wirken. Den Kahn hat er jetzt gut im Griff, trotzdem kommen sie kaum zur Ruhe. Außer zu den Liegezeiten, aber sie haben einen festen Fahrplan, sonst kriegen sie es nicht hin, das Boot einigermaßen rechtzeitig wieder zurückzugeben. Martha hat sich vorgenommen, jeden Tag mindestens einen Krimi zu lesen. Sie hat bis jetzt nicht mal einen halben geschafft.

Dieser Canal du Nivernais hat es in sich. Als sie im Hafen von Cravant anlegen, müsste jetzt eigentlich noch das Boot für die Übergabe gereinigt werden. Aber sie legen etwas abseits an und verdrücken sich, bevor der Verleiher sie wegen der noch nicht bezahlten Miete zur Rede stellen kann. Das kann es ja noch nicht gewesen sein, meint Martha. So habe sie sich ihre Flitterwochen nicht vorgestellt. Ray sieht sich um. Auf dem Parkplatz unweit der Anlegestelle steht etwas abseits ein blauer Renault vom gleichen Typ, wie er ihn schon gefahren ist. Er braucht nur zwei Sekunden, dann ist der Wagen offen.

»Wohin jetzt?« Ray zündet sich nervös eine Zigarette an, schnippt die Asche aus dem offenen Fenster.

»Komm«, sagt Martha und legt die Hand auf seinen Oberschenkel, »wir fahren wieder nach Saint-Tropez. Was meinst du? Saint-Tropez hat uns bisher immer Glück gebracht.«

In Saint-Tropez sind sie schon mit achtzehn gewesen. Zwar nur auf einem Campingplatz. Und das Zelt war auch noch geklaut. Aber es war der erste gemeinsame Trip, den sie ins Ausland unternahmen. Und das fast ohne Geld. Am ersten Abend liefen sie in den Hafen. Fischer waren kaum zu sehen, nur ein paar kleine Kähne mit Netzen lagen vor Anker. Am Pier saßen Maler und verkauften ihre Bilder. Nichts davon würden sie sich an die Wand hängen. Die Künstler trugen alberne Schlapphüte und bunte Gewänder, qualmten lässig ihre Gitanes, plauderten und tranken Rotwein aus der Flasche. Martha betrachtete die pastellenen Landschaftsbilder und grellen Farbkleckse und fragte sich, ob hier jemals ein Bild den Besitzer wechselte. Vielleicht wurden die Maler vom Fremdenverkehrsamt engagiert, für die romantische Kulisse eines Künstlerdorfes, das es längst nicht mehr gab. Vielleicht kauften aber auch die Menschen, deren Yachten im Hafen lagen. Die Besitzer hockten an kleinen Bistrotischchen am Heck der Boote, tranken perlende Getränke und ließen sich vom Fußvolk begaffen. Die Männer in dunkelblauen Kapitänsanzügen oder weißem Bordzeug, die Frauen mit riesigen Hüten und Sonnenbrillen und in Badeanzügen, die keine Wünsche offen ließen. Man gab sich mondän und zeigte seine erfüllten Träume. Wer raffinierter dachte, entzog sich dem Trubel. Es genügte, die Fahne am Boot zu hissen und sich fortan nicht mehr blicken zu lassen. Der leere Raum füllt sich umgehend mit Vorstellungen. Und man muss nichts dafür tun. Wie geschickt, dachte sich Ray und ließ von dem Mann mit den schnellen Strichen am Pier einen Steckbrief von sich anfertigen.

Die Suche nach einem günstigen Lokal führte auch durch mehrmaliges Auf- und Ablaufen aller Straßen des Ortes nicht zum gewünschten Erfolg. Martha und Ray zählten ihr Geld und fällten eine Entscheidung. Das Teilen eines dünn belegten Fladens kann auch tiefe Bindungen schaffen. So lümmelten sie auf der Hafenmauer, tranken Wein vom Marché, den sie in ihre Wasserflaschen abgefüllt hatten, und blinzelten in den untergehenden Feuerball, der in Marthas bodenlangem rotgelbem Kleid und ihren langen blonden Haaren noch eine Zeit lang weiterstrahlte. Sie hielten sich an den Händen, fütterten sich neckisch und flüsterten sich zärtliche Versprechen zu. Von denen sie ahnten, dass die meisten nicht eingelöst würden. Aber das war in diesem Moment nicht wichtig.

So verharrten sie im Trubel der Touristen und vergaßen das abendliche Treiben in den schmalen Straßen und Gassen ringsum. Nur wenn Martha einen dieser wolligen Hunde erblickte, die gerade in Mode waren, stieß sie kleine Schreie des Entzückens aus und zupfte Ray so lange am Arm, bis sich dieser genötigt sah, ihren Enthusiasmus zu teilen. Sein Interesse galt mehr den Motorrädern, die von jungen Einheimischen geschickt durch die Menge der Flaneure gelenkt wurden. Mit ihren weißen T-Shirts, kurzen Hosen und Turnschuhen wirkten sie wie Leichtmatrosen auf Landurlaub, wie Darsteller in einem Werbefilm für Rasierwasser oder Sonnenbrillen. Martha beobachtete Ray schmunzelnd und wusste, dass er zu gern eine Rolle in diesem Streifen übernehmen würde. Mit der leichten Elvis-Tolle, dem kantigen Gesicht und seinem netten kleinen Hintern würde er eine gute Figur abgeben. Aber sie würde ihm heute Nacht schon noch ausreichend Gelegenheit geben, sein männliches Selbstbewusstsein auszuleben. Ray bemerkte ihren leicht spöttischen Blick, den er so hinreißend fand, und fühlte sich auf eine Weise durchschaut, die ihn nicht kränkte. Die ihn vielmehr herausforderte, sich auf diese Frau einzulassen.

Aber zunächst benötigten sie dringend Geld. Ray sah sich um. Im Strandcafé gegenüber waren alle Tische belegt. Überall wurde in kleiner Runde gegessen und gelacht, geflirtet und diskutiert. Nur an einem etwas abseits stehenden Tisch saß eine Frau und las in einem Buch. Mittleres Alter, modisch, aber unauffällig gekleidet, einen Cocktail vor sich, allein. Ray stupste Martha an und deutete mit dem Kinn in diese Richtung. Martha warf kurz einen prüfenden Blick hinüber. Dann lächelte sie und nickte Ray zu. Er erhob sich langsam, gab ihr einen Kuss und ging über die Straße. Als er an den Tisch der Frau trat, wandte sich Martha ab. Sie wusste, sie würde ihn in etwa drei Stunden wiedersehen. Dann würden auch ihre Geldprobleme gelöst sein. Was sie merklich entspannte. Trotzdem blieb stets ein kleiner Rest Eifersucht, den sie vergeblich zu unterdrücken suchte. Dieser Sommer blieb unvergessen, aber er war der Anfang vom Ende.

Dabei hatte es gut begonnen für die beiden. Auf einer Party hatte Ray Martha angesprochen, als ihr Begleiter sich an der Bar festgeredet hatte.

»Entschuldige, wir kennen uns nicht, aber ich beobachte dich schon eine Weile. Und frage mich, wie eine so attraktive Frau wie du mit einem derart langweiligen Typen unterwegs sein kann?« Eigentlich hatte Ray jetzt eine Ohrfeige erwartet.

Als Martha diese Frechheit mit einem überraschten, aber nicht völlig abweisenden Gesichtsausdruck quittierte, ergriff Ray die Chance, ihr innerhalb von fünf Minuten klar zu machen, dass der Mann an ihrer Seite dringend ersetzt werden müsste. Durch wen, ließ er zwar vorerst offen, aber dass er derjenige sein sollte, war nicht nur zwischen den Zeilen zu verstehen. Das hatte ihr imponiert, schmunzelnd hatte sie ihm ihre Nummer gegeben. Als Ray sie am nächsten Tag anrief, war sie schon solo; sie hatte sich noch in derselben Nacht von ihrem Freund getrennt.

Als er sie aufsuchte, legte Marthas schwarze Dogge Ray zur Begrüßung die Pfoten auf die Schultern und leckte ihm freundlich übers Gesicht. Ray überstand diese erste Prüfung. Martha hatte gerade ihre Liebe zu Frankreich entdeckt und krempelte ihr Leben komplett um. Ray war nur noch »Chéri«, wurde mit Zwiebelsuppe, Schnecken und Ratatouille gemästet und mit Beaujolais Nouveau abgefüllt, besuchte mit Martha Nachtvorstellungen mit alten Godard- und Truffaut-Filmen und duzte bald sämtliche Londoner Sommeliers und Besitzer von Crêperien. Martha schleppte ihn in einen Sprachkurs der School for Adults, den er nach der ersten Stunde protestierend wieder verließ. Nur mit Mühe konnte er sich dagegen wehren, dass sie ihm zu Weihnachten eine Baskenmütze schenkte. Manchmal fragte er sich, ob er ihre Gunst nur errungen hatte, weil er damals einen alten Renault fuhr.

Als sich Martha in den Sommerferien für einen achtwöchigen Intensivsprachkurs in Montpellier anmeldete, war Ray wenig begeistert. Aber als Mann guten Willens entschloss er sich zu einem Überraschungsbesuch. Über die Mitfahrzentrale hatte sich ein Pärchen gemeldet, was die Reisekasse spürbar entlastete. Schon kurz nach der Abfahrt kamen sie in ein heftiges Gewitter. Der kleine Scheibenwischer schaffte es kaum. Sie fuhren im Schneckentempo durch die Nacht. Nach einer Weile meldete sich die junge Frau und meinte, ihre Füße wären nass. Ray glaubte, sie mache Scherze, und wollte sie schon aus dem Auto werfen. Als sie aber insistierte und ihren Schlafsack hochhob, den sie auf die Fußmatte gelegt hatte, musste Ray eingestehen, dass hier etwas nicht stimmte. Er hielt an. Im ganzen Auto schwappte eine Handbreit hoch das Wasser hin und her. Ray fand die Ursache nicht sofort. Offenbar hatte die Karosserie aber feine Haarrisse, durch die das von der Straße aufgewirbelte Wasser in den Innenraum eindringen konnte. Ray entschuldigte sich und schöpfte das Auto leer. In der Schweiz hörte der Regen auf. Als er am Morgen in Montpellier ankam, war er erschöpft und fuhr planlos ins Zentrum. Er suchte nach dem Studentenwohnheim, in dem Martha ein Zimmer gemietet hatte. Ray hatte keine Lust, lange nach der Straße Ausschau zu halten. Er kurbelte das Seitenfenster herunter und wollte die nächstbeste Person nach dem Weg fragen.

Eine junge Frau in einem kurzen Rock und Sandalen lief einige Meter vor ihm auf dem Bürgersteig. Er gab etwas Gas und fuhr auf gleiche Höhe.

»Excusez-moi, mademoiselle, je cherche ...«

Weiter kam er nicht, denn die junge Frau drehte sich um, ein Strahlen durchzuckte ihr Gesicht. Ray, nach stundenlanger Fahrt völlig mit den Nerven am Ende und nur noch mit Schlieren vor den Augen, grinste dümmlich.

»Hey, wo kommst du denn her? Das ist ja eine Überraschung! Und wirklich eine sehr originelle Anmache!«

Er hatte sie im ersten Augenblick gar nicht erkannt. Es war Martha. Natürlich ließ er sich nichts anmerken, stieg aus und umarmte sie. Das änderte nichts daran, dass er die nächsten zwei Wochen auf dem Boden schlafen musste, weil Martha etwas vollschlank ist und das Bett im Wohnheim ziemlich schmal war. Ray grummelte vor sich hin: »Ich dachte, Frankreich sei das Synonym für Liebe und Vergnügen ...«

Über Nevers auf die Route nationale 7 ist es nur ein Katzensprung. In den Süden, über Lyon zu den Pinienwäldern der Côte d'Azur. Das graue Asphaltband führt über mittelalterliche Bogenbrücken den Fluss Allier entlang durch »La Douce France« mit seinen liebevoll gepflegten Gärten. Die Gegend passt schon besser zu ihren Flitterwochen; in einer alten Bäckerei kauft Martha Croissants und zwei Eclairs, was so viel wie »Liebesknochen« heißt.

»Was du wieder denkst«, scherzt Ray und drückt sie. »Wir haben nicht mehr viel Geld. Spätestens in Lyon müssen wir tanken. Und ein Hotelzimmer brauchen wir auch.«

Jetzt geht es in die Berge, über Serpentinen und durch Schlaglöcher. Hier sind meist nur Handelsvertreter und Fernfahrer unterwegs, kaum Touristen. Verstreut liegen ein paar Bergbauerndörfer. Sie reden sich ein, sie könnten schon den Geruch von Pinienharz, Lavendel und Salzwasser erschnuppern, den Duft des Südens. Beim Abstieg vom Col du Pin Bouchin passieren sie die rot-weiß bemalten Kilometersteine entlang der Straße, während die Bäche seitwärts den Berg hinabstürzen zum Zusammenfluss von Saône und Rhône. Martha entdeckt in Lyon kurz nach einer der grauen Steinbrücken einen Platz mit mehreren Touristencafés. Ray lenkt den Wagen in eine Nebenstraße. Sie trennen sich. Martha will heute nicht dabei sein. Sie wird eine Kirche aufsuchen, um für sie beide zu beten. Ganz in der Nähe liegt die Kathedrale Saint-Jean. Martha mag hohe, gotische Räume. In der halbdunklen Kühle des langen Kirchenschiffs wird sie für die nächsten zwei Stunden in sich versinken, während Ray auf die Jagd geht. Sie weiß um ihre Eifersucht, deshalb sucht sie in der Regel die Frauen mit aus. Auch um etwas Kontrolle über das Spiel zu haben, das reizt sie.

Als sie sich wiedersehen, ist alles gut. Die Dame war spendabel, es wird für ein gutes Hotel und ein Abendessen reichen. Auch für den Sprit, der sie an die Küste bringen wird. Durch das südliche Rhônetal führt ihre Tour durch Weinberge und Lavendelfelder, die die Luft parfümieren. In Montélimar kann Martha, die Süßigkeiten liebt, nicht widerstehen und kauft das berühmte weiße Nougat aus Eischnee, Mandel und Zucker. Ray wendet sich mit Grausen ab und verpestet die Luft mit seinen blauen Gitanes. Sie haben die Fenster geöffnet, hier beginnt der wahre Süden, überall ratscht und sirrt es vom Rufen der Zikaden. Orange begrüßt sie mit dem größten römischen Triumphbogen nördlich der Alpen, wie Martha zu erzählen weiß. Martha, die als Krankenschwester gearbeitet hat, liebt Volkshochschulkurse über Geschichte und Geografie. Ray ist das scheiß-egal, aber Martha zuliebe hört er sich das an. Dafür bestellt sie ihm auch einen Pastis mit Wasser und Eis, den ersten dieses Sommers.

Sie überlegen, ob Ray in Avignon noch einmal losziehen soll. Aber er ist müde und nicht gut in Form, wie er sagt. Martha weiß nicht, ob das eine Ausrede ist. Aber sie lässt ihm seinen Willen, das Geld wird schon reichen. Ein Gewitter zieht auf, dem sie zu entkommen suchen. Irgendwann sitzen sie in der Sonne und essen Omelette und trinken kühlen, leicht säuerlichen Weißwein. Martha streichelt Rays Hand, während dieser allmählich bessere Laune bekommt. Im Auto läuft die Fünfte von Mahler. Sie fahren über die alte, von Platanen gesäumte Allee nach Aix. Im Deux Garçons nehmen sie einen Aperitif, treiben sich wie Jungverliebte auf dem Cours Mirabeau herum und beschließen den Abend auf der Terrasse eines Restaurants in der Altstadt. Die Nacht ist lau, und der Sternenhimmel zeigt, was er kann.

»Was meinst du, wollen wir hier übernachten oder fahren wir noch nach Saint-Tropez?« Ray legt den Arm um Martha und spielt mit ihrer Halskette.

»Wie weit ist es?«

»Keine zwei Stunden.«

»Dann lass uns fahren. Wir sparen eine Übernachtung. Und die Nacht ist warm, am Meer sind die Leute heute noch lange unterwegs.«

Ray nickt. »Ja, das ist eine gute Idee, Cherié. Saint-Tropez ist unser Platz. Ich werde unsere Reisekasse wieder etwas auffüllen.« Er nimmt ihre Hand und legt sie zwischen seine Beine. »Mach dir bitte keine Sorgen. Ich tue das nur für uns.«

»Das weiß ich doch.« Sie packt sanft zu. »Ich freue mich schon auf dich.«

Als sie ankommen, setzt er sie in einem kleinen Hotel am Hafen ab. »Mache es dir bequem und ruh dich aus. Ich bin bald wieder da.«

Als Ray schon nach einer Stunde wieder im Hotel auftaucht, fällt ihr sofort sein fleckiges Hemd auf und die Kratzer im Gesicht. »Was ist passiert?«

Ray schnappt sich eine ihrer Zigaretten, was er sonst nie tut. Sie bemerkt, dass seine Hände leicht zittern.

»Nun sag schon! Wieso bist du schon zurück? Woher kommt das Blut auf deinem Hemd? Verdammt nochmal, sprich mit mir!«

Ray schnippt die Asche durchs Zimmer und reißt sich Sakko und Hemd vom Leib. »Diese blöde Pute! Was bildet die sich eigentlich ein? Dachte wohl, dass ich zum Vergnügen mit ihr ins Bett gehe. Einfach bescheuert ...« Ray geht ins Bad und schüttet sich kaltes Wasser über den Kopf. Martha rennt ihm hinterher.

»Ray, was ist passiert? Scheiße, nun erzähl doch endlich! Hast du sie geschlagen?« Sie packt Ray an den Schultern. Doch der schüttelt nur immer wieder den Kopf.

Den ganzen Tag über ist mit ihm nichts anzufangen. Er erzählt nichts, obwohl ihn Martha mit Fragen löchert, ihn anschreit und dann wieder nett zu ihm ist. Ray schweigt sich aus. Irgendwann gibt sie auf. Sie wird es noch erfahren. Später essen sie auf einem Boot im Hafen zu Abend. Eine leichte Meeresbrise, die Sonne schickt ihre letzten Strahlen, die Boote schaukeln im sanften Wellengang. Martha schlürft Austern, Ray bestellt die zweite Flasche Cabernet Sauvignon.

»Trink nicht so viel, Baby.« Martha tupft sich ständig mit der Serviette den Mund ab. »Ich will doch noch etwas von dir haben heute Nacht.«

Ray grient halbherzig. Er weiß, dass sie nervös ist. Und dass er heute Mist gebaut hat. Sie will ihn nur beruhigen. Deshalb auch dieses gute Abendessen. Es soll sich wenigstens gelohnt haben. Außerdem sind das ihre Flitterwochen, da braucht es solche Momente.

Während Ray die Weinflasche in Empfang nimmt, beobachtet er aus den Augenwinkeln, wie ein Mann über den Parkplatz vor dem Restaurant schlendert. Scheinbar absichtslos, aber irgendetwas an ihm weckt Rays Instinkte. Es ist nicht seine Kleidung oder sein Aussehen, was ihm nicht gefällt. Er kann es nicht benennen, aber irgendetwas passt nicht, macht ihn misstrauisch. Ray steht auf und schiebt langsam den Kellner zur Seite. Im gleichen Moment sieht er, wie der Mann mit einem Ruck die Tür ihres Wagens öffnet, den sie extra in Sichtweite am Kai abgestellt haben, und einsteigt. Ray spurtet los. Der andere fummelt an der Zündung, lässt den Motor aufheulen. Kurz bevor Ray den Wagen erreicht, gibt der andere Vollgas und braust davon. Ray ist völlig außer Puste. Der Wagen ist weg, Geld, Papiere und Handy tragen sie bei sich. Das Gepäck ist im Hotel. Das ging alles so schnell, dass Martha immer noch fassungslos ihre Auster in der Hand hält. »Ray!« Sie ist den Tränen nahe. Ray geht kopfschüttelnd auf die Terrasse des Restaurants zurück und nimmt Martha in den Arm. »Nicht unser Tag heute, Baby!«

Am frühen Morgen verlassen sie das Hotel, wie immer ohne die Rechnung zu begleichen. In einer Seitenstraße rüttelt Ray an mehreren Autorentüren, ein großer Citroën ist nicht verschlossen. Von unterwegs ruft Martha eine Freundin an, die gerade in ihrem Sommerhaus in Grimaud Ferien macht. Sie wechseln den Wagen. Drei Tage später fahren sie zu dritt nach London zurück. *Pour tes vacances/qui traverse la plus belle partie de la france?*

## *Lady in Black*

Alles ist schwarz. Ihre Unterwäsche, die Lederjacke, die hohen Stiefel. Natürlich auch ihr Wagen, ein Ford Mustang GT Cabrio, Baujahr 1968. Okay, die Sitze sind aus rotem Leder. Fast der gleiche Farbton wie ihr Lippenstift. Das passt dann wieder. Zumal sie die Konturen mit einem schwarzen Kajal nachzieht. Und die Haare sind anders. Meist blondiert und leicht verstrubbelt wie bei Annie Lennox. Auf jeden Fall kurz, damit sie eine ihrer Perücken aufsetzen kann. In ihrer Handtasche, einem sackartigen, ebenfalls schwarzen Ungetüm, befinden sich neben den üblichen weiblichen Utensilien ein Hammer, ein Meterstab und ein Pfefferspray. Neben ihren Zigarillos manchmal auch ein kleiner Seelentröster. Gehört alles zur Grundausstattung, sagt sie. Dinge des täglichen Lebens. Ach ja, ihre Pillen natürlich auch. Damit sie keine Anfälle bekommt. Aber da ist sie erstaunlich diszipliniert. Was sonst eher nicht der Fall ist. Sie flucht wie ein Bauarbeiter. Sie erzählt die ordinärsten Witze. Und sie trinkt die meisten Männer unter den Tisch. Was lächerlich klingt, wenn man es erzählt. Was aber doch beeindruckt, wenn man es erlebt.

Einmal, wirklich nur einmal, habe ich sie besiegt. Sie war, zugegeben, schlecht in Form, vielleicht zu wenig gegessen und zu viel geraucht. Es war in irgendeiner Diskothek. Sie hatte zu viel erwischt und es ging ihr nicht gut. Ich trug sie zum Auto und wollte sie nach Hause bringen. Sie wohnte damals auf dem Land. Es hat gedauert, bis ich mich zurechtfand. Sie konnte gar nichts sagen. Und ich hatte keine Karte und nur eine ungefähre Ahnung, wo wir hinmussten. Es war stockfinster. Wir kurvten über die Landstraße. Sie bat mich anzuhalten, ihr war schlecht geworden. Sie kotzte sich die Seele aus dem Leib, doch kaum ging es ihr besser, fiel sie mir um den Hals. Ich versuchte, ihr klar zu machen, dass es besser wäre, sie würde sich jetzt in ihrem Bett ausruhen, als plötzlich ein riesiges, schwarzes Monster mit infernalischem Lärm aus dem Wald hervorbrach. Wir kriegten beide einen Riesenschreck, Cora schrie, ich schaltete die Zündung und das Licht an. Ein Kampfpanzer rollte keine fünf Meter von uns entfernt auf die Straße, verharrte einen Augenblick und fuhr dann weiter. Wir waren offenbar in ein Manöver der amerikanischen Streitkräfte hineingeraten, da müssen Panzer und andere Fahrzeuge nicht beleuchtet sein. Ich musste unwillkürlich an das Plattencover von Uriah Heep denken, *Salisbury*, wo auch ein schwarzer Tank Rauch und Feuer spuckend durch die Landschaft rollt. Damit war bei ihr jeder Anflug von Romantik erloschen, Cora ließ sich widerspruchslos von mir in ihre Wohnung bringen.

Mit Cora ist es nie langweilig. Wir stolpern von einer Peinlichkeit in die nächste. Ich weiß nicht, woran es liegt. Sie ist ein ziemlich patentes Mädchen, also bin ich wohl der Tollpatsch, der uns in diese merkwürdigen Situationen bringt. Einmal waren wir verabredet und fuhren mit dem Wagen meiner Mutter einen Waldweg entlang. Es war eine Nacht vor Silvester, kalt und neblig. Ich stellte den Motor ab. Wir wollten unseren eigenen Jahreswechsel feiern, allein, ohne diesen lauten Raketentrubel und diese stets wiederkehrende Uhren-Vergleichs-Hektik. Ganz allein. Ok, nicht ganz allein. Wir hatten zwei gute Flaschenfreunde und ein paar Rauchwaren dabei. Aber das war's schon. Ein friedliches, kuschliges Fest. So hatten wir uns das wenigstens gedacht. Wir knutschten und fummelten rum, sehr gemütlich, mal Fläschchen, mal Brust für den Kleinen, die Sitze zurück und langgelegt, ich hatte es mir gerade auf Coras Bauch bequem gemacht, als plötzlich an die Seitenscheibe geklopft wurde und eine Taschenlampe ins Wageninnere leuchtete. Ich dachte sofort an einen Irren, der nachts Liebespärchen aufspürt und ermordet. Im Fernsehen hatte ich mal so etwas gesehen. Ich bekam richtig Angst und drückte vorsichtig den Sperrknopf an der Fahrertür herunter, als eine Stimme sagte:

»Aufmachen, Polizei!«

Ich zögerte kurz, kurbelte dann langsam das Wagenfenster herunter, wirklich sehr langsam, um reagieren zu können, falls da draußen tatsächlich ein Verrückter stünde. Es war finster, und die Scheiben waren durch unseren Dampf komplett angelaufen. Ich hatte noch kurz zu Cora gesehen. Sie war zuerst in eine Art Schockstarre gefallen, die sich aber umgehend löste, als ich an der Fensterkurbel zu drehen begann. Schnell knöpfte sie ihre Bluse zu.

»Alles in Ordnung?«, fragte ein Uniformgesicht.

»Ja, ja, alles okay«, stammelte ich.

»Fahren Sie bitte hier weg. Das ist Privatgelände. Schönen Abend noch.«

Sekunden später waren die Polizisten wieder verschwunden gewesen. Cora und ich sahen uns nur an und schnauften tief durch. Dann startete ich den Wagen und legte den Rückwärtsgang ein, aber die Fahrrinnen auf dem Weg waren tief und feucht, die Räder drehten durch. Cora übernahm das Steuer, ich stieg aus und versuchte, den schweren Wagen flott zu kriegen. Nach einiger Zeit gelang es mir, ihn auf trockenen Grund zu schieben. Ich war von oben bis unten mit Schlamm und Dreck übersät; tags darauf wusch ich meine Klamotten selbst, damit niemand etwas merkte.

Noch grotesker verlief ein gemeinsamer Besuch bei Coras Eltern. Ihre Eltern hielten mich nur für einen guten Freund und wussten nichts über unsere eigenartige Beziehung. Deshalb durfte ich auch über Nacht bleiben, auf einer Luftmatratze in Coras Zimmer. So betrat auch ihre Mutter das Zimmer, ohne vorher anzuklopfen. Ich hatte sie aber schon die Treppe hochkommen hören und war sofort nackt aus dem Bett gesprungen. In meiner Panik rannte ich Richtung

Bad und schmiss dabei das gut gefüllte Kondom aus dem geöffneten Fenster. Die Situation schien gerade nochmal gerettet zu sein. Doch als ich zum Frühstück nach unten ging und dann, bereits am Tisch sitzend, aus dem Fenster sah, traf mich fast der Schlag. Das Kondom hatte sich in den Ästen der Tanne, die direkt vor dem Fenster stand, verfangen und baumelte genau vor unseren Augen. Noch hatte es niemand außer mir bemerkt. Unter einem Vorwand stand ich auf, schlich nach draußen und fischte es unter erheblichen Mühen aus dem Geäst. Cora lenkte inzwischen mit allerlei Faxen ihre Eltern ab und konnte nur mit Mühe ihre Lust unterdrücken, ihre Eltern auf meinen Kampf mit der Tanne aufmerksam zu machen.

Derlei Geschichten gibt es noch mehr. Meist mache ich mich zum Trottel.

Nur einmal hatten wir nichts zu lachen. Wir waren mit einer hellblauen Vespa auf dem Land unterwegs, eine Fahrt ins Grüne. Cora hat in ihrem Wahn sogar einen Picknickkorb gepackt. So tuckerten wir gemütlich los, ins Ungewisse, irgendwo würde es für uns eine grüne Wiese an einem plätschernden Bach geben. Cora hatte ihre Arme um meine Hüften gelegt und schmiegte sich an mich, nachdem ich sie ernsthaft ermahnt hatte, sich nicht bei jedem Schild nochmals umzudrehen, um zu sehen, welche Ortschaft wir eben passiert hatten. Ich hatte den Roller gerade noch abfangen können. Irgendwann befanden wir uns auf einer Landstraße, die direkt in den Horizont zu münden schien. Kerzengerade, links und rechts seit geraumer Zeit kein Haus, keine Tiere auf der Weide, kein Verkehr. Was uns anfangs gefiel. So ganz allein. Das sollte sich rasch ändern.

Bevor ich etwas sah, hörte ich es. Zuerst ein kaum vernehmliches tiefes Blubbern, eintönig, fern, uninteressant. Doch allmählich verstärkte sich das Geräusch, schien näher zu kommen. Die Straße führte jetzt durch einen Wald. Endlich kam ich auf die Idee, in den Rückspiegel zu sehen. Da war es schon zu spät. Ich überlegte noch zu bremsen und in einen Waldweg abzubiegen, da war der erste schon da. Dass auch Cora ihn bemerkt hatte, spürte ich an der Härte, mit der sie ihre Finger in meine Seiten drückte. Vielleicht glaubte sie, mir auf diese Weise die Sporen geben zu können. Doch das funktionierte nicht. Die kleine Vespa war limitiert, mehr als fünfzig Stundenkilometer ließen sich nicht aus ihr herauskitzeln. Er fuhr neben mir her, hielt unser Tempo. Ich musste ihn nicht ansehen, um zu wissen, dass er da war. Dass er uns beobachtete. Dass er sein Spiel mit uns trieb. Wenn ich nur etwas vom Gas wegblieb, passte er sich sofort an. Er überholte uns nicht. Eine kleine Handbewegung hätte genügt, um an uns vorbei zu rauschen und in der Hölle zu verschwinden. Aber das wollte er nicht. Er ließ sich Zeit. Schließlich wollte er genießen. Sich an unserer Angst weiden. Und je länger er neben uns herfuhr, desto größer war sein Spaß. Er hatte sicher sofort die Situation erfasst: Junges Paar, allein, chancenlos mit diesem lächerlichen Gefährt. Leichte Beute. Obwohl: Das Paar interessierte ihn vermutlich nicht. Ihn interessierte nur die Frau. Cora trug ihre schwarze Langhaarperücke, natürlich keinen Helm, dazu den schwarzen Fliegerblouson, enge Jeans und ihre hohen Hacken. Das muss für ihn schon aus fünfzig Metern Entfernung ein verlockender Anblick gewesen sein. Was war da noch zu überlegen.

Was sollte ich tun? Den Typen anschauen? Ich glaube, das mögen die nicht. Das mögen ja schon die Hunde nicht. Dieses Kräftemessen. Er hätte sich bestimmt nicht weggeduckt, um mir seinen Respekt zu erweisen. Einfach lächerlich, die Vorstellung. Stattdessen hätte er geknurrt, die Zähne gefletscht. Wie hätte ich ihm auch nur drohen können? Womit denn? Ich hatte nichts, um Eindruck zu schinden. Ich hatte nur diese kleine hellblaue Vespa, was mich in seinen Augen für ein Duell sicher schon disqualifiziert hatte. Dazu eine Frau, die zu beschützen war. Wir waren nicht auf Augenhöhe. Wir fuhren nur nebeneinander her. Und er diktierte alles Weitere. Mit Leichtigkeit hätte er uns einen Tritt verpassen können. Der Roller wäre wahrscheinlich ins Trudeln gekommen. Vielleicht hätte ich ihn gehalten, vielleicht auch nicht. Es hätte ihn amüsiert. In jedem Fall. Aber er tat es nicht. Er zögerte das hinaus, was noch kommen sollte. Was immer es auch sein würde. Das wusste nur er. Er hatte uns völlig in der Hand.

Mir schoss alles Mögliche durch den Kopf. Absurde Bilder, kein klarer Gedanke. Was würden sie mit uns tun? Sie? Ja, sie! Denn er war nicht allein. Er war nur der erste. Der Erste in einer langen Reihe. Einer schwarzen Reihe. Aufgereiht wie auf einer Perlenschnur fuhren sie hintereinander. Und hielten Abstand. Fast pedantisch, wie sie darauf achteten, nicht aufzufahren, nicht zu überholen, aber auch nicht zurückzufallen. Sie hielten die Geschwindigkeit. Und damit die Anspannung hoch. Ich hatte immer noch keine Idee, was zu tun war. Wir redeten nicht. Aber ich spürte, wie Cora fast wahnsinnig wurde. Ihr Griff hatte sich tief in mein Fleisch eingegraben, nicht um mich zu triezen, zu irgendwelchen Leistungen anzuspornen. Nein, nein, das war es nicht. Sie fürchtete um ihr Leben. Und vielleicht hoffte sie auf mich. Auf mich, den Tollpatsch, ausgerechnet. Ich biss die Zähne zusammen. Schaute immer noch nur geradeaus. Die Blöße wollte ich mir nicht geben. Und ihm keinen Anlass. Ich schnaufte durch. Wenn sie wollten, würde nichts von uns übrig bleiben. Sie würden uns foltern, Cora vergewaltigen, mich aufhängen und uns am Ende beide abstechen. Keiner würde es verhindern können. Hier war ja niemand. In diesem am dichtesten besiedelten Land Europas. Was für ein Hohn! Und selbst wenn einer des Weges kommen würde, was würde passieren? Nichts, einfach nichts. Weiterfahren, komm, weiterfahren. Kinder, macht die Fenster zu. Was ist denn da, Papa? Da ist gar nichts, die machen nur Spaß. Spielen irgendein Spiel, das wir nicht kennen. Ihr müsst euch keine Sorgen machen, das ist alles in Ordnung. Wir sind ja in Deutschland und nicht im Wilden Westen oder in Afrika oder sonst wo auf der Welt, nicht wahr? Hier passiert niemandem was, das verspricht euch euer Papa. So, und jetzt machen wir das Radio an und singen alle mit. Auch du, Mama, du singst auch mit, ja? Und hör auf, mich dauernd anzustupsen. Ich weiß schon, was ich tue. Das musst du mir nicht sagen. Ich bin für die Familie verantwortlich, ich passe auf euch auf. Versprochen! Okay? Und jetzt denken wir nicht mehr daran. Und fahren weiter. So würde es sein, so ungefähr. Da war ich mir sicher.

Dann fasste ich einen Entschluss. Ich würde ihn ansehen. Es musste sein. Auch wenn es wahrscheinlich das Falsche sein würde. Aber so konnte es nicht weitergehen. Dieser verdammte Wald nahm kein Ende. Selten habe ich Bäume so gehasst. Und kein Aas weit und breit. Sonst taucht doch immer ein Treckerfahrer oder so ein landwirtschaftliches Nutzfahrzeug auf und man tuckert hinterher. Und jetzt? Einfach nichts. Einöde. Niemandsland. Bis auf die schwarzen Ritter hier. Wo kommen die eigentlich her? Die müssen vom Himmel gefallen sein. Nein, nicht aus den Wolken gesprungen, das wären ja sonst Engel, nein, hervorgebrochen aus einem Spalt, der sich plötzlich in der Erde auftat, ein Krater oder ein Erdloch, gerade groß genug, um diesen höllischen Gestalten Zutritt zu gewähren. Verdammt, musste das gerade jetzt sein. Hadern hilft jetzt nichts. Ich musste handeln. Unsere Ohnmacht würde sie nur reizen, uns vor sich herzutreiben wie hilflose Tiere auf der Flucht. In dem sicheren Wissen, dass sie uns in die Falle kriegen würden. Uns kein Ausweg bliebe. Deshalb. Aber ich würde es langsam angehen. Nicht ruckartig. Nicht aggressiv. Ganz langsam. Damit er sich an mich gewöhnen könnte. Zugegeben eine optimistische Einschätzung. Warum sollte er sich an mich gewöhnen wollen. Sicher nicht. Aber eine langsame Bewegung würde vielleicht etwas signalisieren. Schau her, wir sind keine gehetzten Tiere. Wir sind zwei Menschen, die Vespa fahren. Und die sehen wollen, was hier passiert. Sonst nichts. Also, was soll's? Lasst uns in Ruhe. Hier ist Platz für alle. Und sucht euch eure Frauen woanders. Ich spürte Cora immer noch. Aber ihre Finger gruben sich nicht mehr in meinen Bauch. Sie hielten mich fest. Es schien, als wäre die Angst aus ihnen gewichen. Das überraschte mich. Aber ich hatte keine Zeit, darüber nachzudenken. Wir fuhren immer noch durch diesen dunklen Wald. Wenn sie uns kriegen wollten, dann würde es bald passieren. Da war ich mir sicher. Ich musste es vorher abwenden.

Ich drehte langsam den Kopf. Aber ich fiel nicht vom Gas ab. Das war wichtig. Es musste alles so bleiben, wie bisher. Nur mein Kopf drehte sich allmählich nach links. Ich durfte es aber auch nicht übertreiben, das würde arrogant wirken. Außerdem wäre das ein Blindflug. Längere Zeit nicht auf die Straße zu schauen, wäre zu gefährlich. Ein Schlagloch, ein Hindernis, irgendetwas, das ich nicht rechtzeitig bemerken würde, könnte uns zu Fall bringen. Das wäre ziemlich blöd. Gefährlich sowieso. Aber eben auch blöd. Wo ich doch genau dieses zu verhindern suchte. Hinzufallen, Opfer zu sein. Also drehte ich mich in einer, wie mir schien, angemessenen Geschwindigkeit zu unserem Begleiter um. Nicht zu schnell, und nicht zu langsam. Ich wollte sehen, mit wem ich es zu tun hatte. Vielleicht wollte ich ihm auch in die Augen sehen, ich weiß es nicht mehr. Manchmal reicht ein Blick, und man weiß alles von einem Menschen. Oder man glaubt es zumindest zu wissen. Der berühmte erste Eindruck. Er kann entscheidend sein. Vielleicht auch für uns. Wen haben wir da neben uns? Einen Wilden? Einen zivilisierten Menschen? Vielleicht sogar mit Schulabschluss und Ausbildung. Ein wertvolles Mitglied unserer Gesellschaft. Ich wusste ja noch nicht einmal, ob es ein Mann war. Ich musste unwillkürlich grinsen. Vielleicht fährt eine Amazone neben uns. Die wäre dann vielleicht an Cora gar nicht so interessiert. Ich verbot mir das Grinsen. Zu riskant. Das könnte ihn oder sie verletzen. Wobei – es gibt ja diese Zwischenform von Grinsen und Lächeln, die sympathisch ist und so eine Art Einverständnis zu vermitteln sucht. Hey, ich weiß, was du von uns willst. Ich finde es zwar scheiße, was du da gerade aufführst, aber okay, ich schaue mir das mal in Ruhe an. So in der Art.

Ach, ich weiß nicht.

Ich drehte mich zu ihm um. Ziemlich eindeutig. Wahrscheinlich lieferte ich mich gerade ans Messer. Scheiß drauf. Ich suchte seine Augen. Aber bevor ich sie fand, durchkreuzte er meine Pläne. Und gab Gas. Ich sah nur noch seinen Hinterreifen und die blaue Kutte mit dem Abzeichen. ARROWS, sieben Pfeile aus einem Reifen steigend, darunter Bamberg. Bevor ich durchschnaufen konnte, weil mir die ARROWS viel lieber waren als die DRAGONS, fuhr schon der nächste neben uns. Er verharrte kurz, grinste rüber zu uns und gab Gas. Was sollte das werden? Eine Endloskette grinsender Rocker? Wollten die uns verarschen, vielleicht in Sicherheit wiegen? Und am Ende des Waldes, das ja mal irgendwann kommen musste, würden sie alle nebeneinander auf der Straße stehen und auf uns warten. Eine schwarze Wand. An der wir nicht abprallen würden. Die uns verschlucken würde.

Der nächste fuhr auf, ein wenig dichter als seine Vorgänger. Ich konnte seine Zahnlücken sehen. Obwohl er einen Bart trug. Er hatte eine Art Kochtopf auf dem Kopf. Sollte wohl ein Helm sein. Sah aber wie ein schwarzer Kochtopf aus. Bevor ich ihn fragen konnte, was das alles sollte, war er schon weg. Und der nächste und der nächste und der nächste. Ein Scheißspiel. Weil wir nicht wussten, ob sie es nur auskosten wollten oder ob irgendeiner den Ablauf stoppen würde. Mit einem Fußtritt. Einem Faustschlag. Einem Rempler mit der Maschine. Mit irgendetwas. Keine Ahnung.

Es dauerte eine Ewigkeit. Fünfzig Maschinen. Ich weiß es nicht. Ich habe sie nicht gezählt. Vielleicht Cora. Ich muss sie das mal fragen. Nichts geschah. Es war wie am Fließband. Fast ordentlich. Wie kleine Päckchen, die abgezählt im gleichen Abstand aufs Band kamen und zur Kontrolle vorbeiflutschten. Es war fast eintönig. Aber ich könnte nicht sagen, dass wir uns gelangweilt hätten. Cora vielleicht schon, die ist ja ziemlich cool. Ich jedenfalls nicht.

Als der letzte uns sein Grinsen geschenkt hatte, fragte ich mich, ob wir vielleicht in einem Kreis fahren würden. Und alles in Kürze wieder von neuem beginnen würde. Eine überflüssige Frage. Ziemlich blöd. Straßen, die im Kreis verlaufen, sind entweder Kreisverkehre oder Rennstrecken. Vielleicht noch Umgehungsstraßen in Großstädten. Aber keine Landstraßen, die durch abgelegene Wälder führen. Wirklich blöd. Aber ich entspannte mich nur langsam. Auch als endlich der Wald zu Ende war. Unglaublich. Gerade jetzt. Die Truppe verschwand gerade hinter einer Kuppe. Man sah noch die letzten Fahrer. Sie fuhren immer noch sehr ordentlich hintereinander. Ich hielt an.

»Wie geht's?«

»Gut. Ich hatte schon gedacht, du seist tot.«

In diesem Moment war ich mir sicher, dass dieser Sommer noch ein guter Sommer werden würde.

# Das letzte Lächeln des Sommers

An diesem Tisch spricht niemand über das Wetter oder das Weltgeschehen. Sie sitzen im Schatten der großen Kastanien und spielen Schafkopf. Für ihr jugendliches Alter wandern respektable Einsätze über den Tisch, in den Schüsseln häufen sich die silbernen Münzen. Es ist zwar nicht wie im Schlachthofviertel, wo mancher Metzger schon mal eine Lastwagenladung Schweinehälften in nur einem Spiel verzockt, aber die Beträge übersteigen doch bei weitem den normalen Taschengeldsatz. Was aber niemanden stört.

»Jeder Mann hat doch eine Eichel, oder?«

»Ich schon lange nicht mehr. Hast wohl gerade ein kleines Nickerchen gemacht ...«

Harder schnieft und grinst. »Und noch einen Trumpf. Wo sind die letzten Herren?«

Lipschitz und Kant müssen bedienen.

»Und dann noch den und den und den haben wir auch noch.«

»Was ist denn das wieder für ein Oma-Spiel! Ihr spielt ja hier auf tiefstem Niveau.« Lipschitz wirft die Karten hin.

»Was kriegt ihr?«

»Na ja, vier Herren haben wir zusammen. Und – seid ihr Schneider?«

Kant zählt und nickt.

»Hier.« Lipschitz schiebt mehrere Münzen über den Tisch. »Ich will nix mehr hören. Weiter geht's. Wer gibt?«

Die Jungs sind über die Jahre von den Männern angelernt worden; als Kiebitze durften sie auch mal ein Blatt aufheben, wenn einer der Alten nach dem dritten Bier die Toilette aufsuchen musste. Und waren begierig darauf, dessen Besitz während seiner Abwesenheit erkennbar zu erhöhen.

»Herz sticht.« Lipschitz verzieht keine Miene.

»Wenn du schon so schaust, dann ist das ein wackliges Ding.« Kant rutscht unruhig auf seinem Platz hin und her. »Ach, weißt was, da kriegst mal einen Schuss. Aus Sympathie. Damit du dich nicht so leicht tust!«

Lipschitz bleibt gelassen. »Das werden wir ja sehen. Wer kommt raus?«

»Ich komme raus.« Blum sortiert seine Karten. »Dann wollen wir doch mal deine Fehlfarbe suchen. Auf Herz gehört Schellen, alte Kartregel.« Er haut die Schellen-Sau auf den Tisch.

Harder und Kant geben zu und schauen Lipschitz erwartungsvoll an. Der lässt sich einen Moment Zeit, um dann die Herz-As zu ziehen und den Stich einzusacken.

»Mist! Auf die Kartregeln kann man sich auch nicht mehr verlassen.«

»So, meine Herren, jetzt wollen wir doch mal sehen, was ihr so habt.« Lipschitz zieht einen Ober nach dem anderen. Alle Trümpfe fallen zusammen. Am Ende hat er noch zwei kleine Eichel, die er herschenkt. »Die gehören euch.«

Blum zählt. Es reicht nicht. »58.«

»Hast du einen Dusel! Wenn ich am Schluss zwei Zehner habe, dann bist du weg ...«

»Wenn der Hund ned gschissen hätt, ich weiß schon. Mit dreien und Schuss, macht vier Mäuse, vielen Dank!«

»Was für ein Schafscheiß!«

Die zerknitterte Schachtel mit den Mentholzigaretten wandert über den Tisch. Auf einen Wink hin kommen zwei Jungs in roten Badehosen.

»Holt mal neue Kippen und noch eine Runde. Der Rest ist für euch.« Kant drückt ihnen zwei kleine Scheine in die Hand.

Rund um den Tisch sitzen einige Veteranen, die anerkennend nicken oder den Kopf schütteln, wenn einer der Spieler ein besonders riskantes Solo wagt. Während des Spiels herrscht unter den Zuschauern Ruhe. Sonst gibt es Ärger. Erst kürzlich konnte sich einer nicht zurückhalten und wollte feixend das laufende Spiel kommentieren. Als ihm Blum klarmachte, dass sie ihn hinter der Biegung des Flusses verscharren würden, wenn er nicht auf der Stelle die Klappe hielte würde, wurde er leichenblass, stotterte unverständliches Zeug und stürzte sich kopfüber ins flache Nichtschwimmerbecken. Was alle dann doch etwas übertrieben fanden.

»Heute habe ich die Seuche. Ich kriege nur Schrott.« Kant schüttelt missmutig den Kopf und legt die Karten vor sich hin. »Ich mag die schon gar nicht mehr anschauen. Das ist sowieso wieder nix. Ein beschissenes Blatt nach dem anderen.«

»Dann hast du heute wenigstens Glück bei den Frauen. Eh viel wichtiger.«

Kant schaut hinüber zur Liegewiese, aber er kann Lu nicht ausfindig machen.

»Schwacher Trost.« Er hebt seine Karten auf. »Vielleicht kommt allmählich Besserung. Ich tät spielen, isses recht?«

Die anderen nicken.

»Mit der Alten. Und raus komm ich auch. Da suchen wir sie doch gleich ...«

Letztlich geht es um nichts. Die Jungs sitzen im Halbschatten und trinken Bier und spielen Karten. Niemand wird handgreiflich, keinen interessiert die dicke Börse, hier sind alle gleich.

Es ist ein langer, heißer Sommertag. Seit Tagen hat es nicht mehr geregnet, die Luft bewegt sich keinen Meter, alles riecht nach Staub und Abgasen. Nach der Schule sind die Jungs mit ihren Mofas in den Schwimmverein gefahren, um Freunde zu treffen. Harder hat sich ein langes Tuch vors Gesicht gebunden und sieht aus wie ein Bankräuber mit Heuschnupfen. Keiner trägt einen Helm, nur Blum hat sich die Fliegerbrille seines Großvaters umgeschnallt, während die anderen sich die Mücken und Sandkörner aus den Augen reiben. Erst am Kanalufer lang, dann über die Schleuse und ein Stück die Galgenfuhr, am Sportplatz vorbei und dann am Damm entlang Richtung Bug. Die Strecke ist voller Schlaglöcher, und immer haben sie Gegenwind. Kurz vor der Brücke über die Regnitz geht es links hinunter Richtung Neptun und Schwimmverein. Als kleine Kinder patrouillierten sie mit ihren Schlauch- und Faltbooten auf dem Fluss, angelten kleine Fische und brieten sie über Lagerfeuern, die sie auf den Sandbänken in den Buchten des gemächlich dahin fließenden Wassers entzündeten. Wer Teil ihrer verschworenen Gemeinschaft werden wollte, musste von der alten Brücke in den Fluss springen. Das war höher als das Sprungbrett im Stadionbad, aber für Kleinstadthelden eine minimale Herausforderung. Erst viele Jahre später erfuhren sie, dass die Brücke im Krieg zerbombt worden war und die alten Trümmer noch immer im Flussbett lagen.

Vom Wirtschaftsgarten aus sieht man bis zu den Trauerweiden am Fluss. Und hinauf zur Beckenanlage, die völlig eingewachsen ist wie eine alte Aztekenburg. In ihrem Rücken liegen die Hausmeisterwohnung und ein kleiner Kiosk, an dem Kant und die Jungs für ein Trinkgeld oft am Tresen helfen, Eis und Getränke auszugeben. Abends sitzen die Menschen im Garten, holen ihre Kühltaschen aus dem Felsenkeller und schauen sich gegenseitig auf die Teller. Hier kommen sie nur her, wenn es mindestens drei Tage lang durchgängig dreißig Grad hat. Beim ersten kleinen Regenguss packen alle zusammen und verlassen fluchtartig das Gelände, obwohl in einer halben Stunde die Sonne wieder scheint. Seit Jahrzehnten eine bleibende Erfahrung.

Die mattrot schimmernden Umkleidekabinen des Schwimmvereins stammen noch aus Großvaters Zeiten, ständig tritt man sich auf den

Holzdielen Spreißel in die Füße. Die Kabinen liegen im Halbdunkel, riechen feucht und muffig, alles aus altem Holz, oben im Spitzboden lagern viele ihre Sonnenliegen und andere Gerätschaften, für die sie zu Hause keinen Platz haben. Auf den langen Bänken entlang der Kabinen sitzen ältere Damen beim Kaffeetrinken, man tauscht Kuchen und Gerüchte aus und bräunt, in Tiroler Nussöl getränkt, in der frühen Nachmittagssonne.

Der Faustballplatz, auf dem die Jungen oft die Männer herausfordern, liegt genauso verlassen da wie die Fußballwiese. Am Rasen, den der Platzwart besser gepflegt hat als manche Frau ihre Fußnägel, kann es nicht liegen. Millimeter genau gekürzt, fast schon Wembley-Qualität. In der Ferne sieht man ihn laufen, aus dem Unterholz kommt er gekrochen mit seinem Hütchen und der weißen Turnhose, der König der Laubberge und Herrscher über das kleine Kraftwerk, das das Wasser für alle Warmduscher und Seitenschwimmer auf konstanten Temperaturen hält.

Plötzlich stehen, wie aus dem Nichts kommend, zehn, fünfzehn Mann auf dem Platz, einige verlassen gerade noch die Umkleidekabine. Als ob sie Punkt drei Uhr vom Himmel gefallen wären. Offenbar ein Spiel gegen die Nachbarn vom Neptun. Und schon geht's los.

»Seit wann kennst du die Regeln?« Nobby und Chopper geraten gleich aneinander.

»Hau weg das Zeug!«

»Jetzt hast Zeit.«

»Eckball«, schreit Leibniz im Tor. Dirigiert seine Verteidiger. »Leute suchen.«

»Du Blinder!«

»Aufpassen!«

»Zieh ab!« Der Ball geht weit am Tor vorbei. Gegenangriff über links.

»Bin dabei!« Schlegel kommt nicht weit, bleibt hängen.

»Schöne Abwehr!«

Franz nimmt sich Nietzsche zur Brust. »Jetzt gib halt endlich mal ab.«

»Weiter, komm.«

Der nächste Angriff rollt über rechts, wo man mit Linksverteidiger Empe den vermeintlichen Schwachpunkt der Abwehr vom Neptun ausgemacht zu haben glaubt. Doch immer wieder vertändeln die Stürmer den Ball und lassen zahlreiche Chancen aus. Auch wenn die Heimmannschaft überlegen ist, scheint es auf ein Unentschieden hinauszulaufen. Auch die Gäste tun nur noch das Nötigste.

Doch da hat Archie kurz vor Spielschluss plötzlich eine kleine Idee, flankt von links auf Sokrates, der sich in die Flugbahn hineinhechtet und den Ball mit dem Kopf über den Torwart hinweg in die Maschen wuchtet.

1:0 für Neptun!

»Das war doch ganz klar Abseits!« Die Schwimmvereinler protestieren lautstark und umringen den kleinen, asiatisch aussehenden Schiedsrichter, der das Tor trotzdem gibt und das Spiel gar nicht mehr anpfeift. Neptun geht jubelnd vom Spielfeld, die Platzherren diskutieren weiterhin über das irreguläre Tor.

»Wir haben doch immer mit Abseits gespielt! Das ist Betrug!«

Manchmal sind das gute Spiele und manchmal auch schlechte. Ach, Unsinn, schlechte Spiele gibt es nicht. Im Grunde ist es immer gut. Wie das meiste hier: Im Winter Schlittschuh laufen auf der vereisten Wiese, die Grillfeste und das Johannifeuer, das gemeinschaftliche Aufräumen nach den schweren Hochwassern, das alljährliche Familienschwimmen, das Bocciaspiel der Alten, die Faschingsfeste der Kinder, das regelmäßige Schwimmtraining, das Mitfiebern bei den Wettkämpfen, die Freundschaften, das Verlieben und Verheiraten, und dann all die Typen wie der Theo, der mit seinen Sprüchen ganze Säle unterhalten kann, der Peter mit dem schicken Bäuchlein, der generös so manches Trikot und manches Fass für die Jugend spendiert, der Philo mit den großen Reden und dem großen Durst und all die anderen aus der Generation der Väter und Großväter, meist heftige Trinker vor dem Herrn, Deserteure jeder Sperrstunde, Humoristen und Melancholiker, was sich in ihrem Verständnis nie ausschließt. Sie sind mit dem Wahnsinn auf die Welt gekommen, mussten Kinderspiele im Schützengraben spielen und ihre Jugend vor den Bomben retten. Kein Wunder, dass sie feiern wollen, bis die Totengräber kommen. Sie haben gelitten und wollen versöhnt werden. Mit dem, was sie für das Leben halten. Und doch mit einem gewissen Vorbehalt. Denn das Misstrauen, das sie früh erlernt haben, ist in einem Leben nicht zu tilgen. Dem Bier und den Freunden hingegen kann man unbedingt vertrauen. Es ist eine Gemeinschaft derer, die keine Gemeinschaft haben. Nur noch eine halbherzige Mitgift des Seins, die im Teilen und Mitteilen erlebbar ist. Endlich eine zivile Form, von dieser Welt zu sein.

Es liegt eine gewisse Trägheit in der Luft, sie bewegen sich wenig, gehen höchstens mal zum Becken, um sich abzukühlen. Die Mädchen laufen in Hot Pants herum und sehen einfach großartig aus. Kants Freundin Lu ist die Schönste von allen; warum sie gerade ihn ausgesucht hat, ist den anderen Jungs völlig schleierhaft, aber er schert sich nicht darum. Sie liegt mit ihren Freundinnen unten am Fluss und büffelt für die Schule. Am Abend wird er sie nach Hause begleiten und im Hausflur ihren Körper erkunden dürfen. Was für Aussichten!

Sie sind sich über die Tanzschule näher gekommen. Allerdings auf Umwegen. Am ersten Abend war Kant mit seinen Freunden in die Kneipenstraße gelaufen. Im ersten Stock eines alten Gebäudes befand sich der große Tanzsaal mit seinen reichen Deckenverzierungen aus der Zeit der Fürstbischöfe; neben der Tanzfläche gab es einen bestuhlten Bereich, wo sie sich hinsetzten und die Mädchen anschauten. Kant blieb ruhig, denn er hatte schon vorab eine Verabredung mit Lu getroffen. Als der Tanzlehrer sie anwies, dass sich die Mädchen auf der einen und die Jungs auf der anderen Seite aufstellen und sich dann auf sein Zeichen hin zu Paaren zusammenfinden sollten, ging er gemächlichen Schrittes auf sie zu. Aber er war sich seiner Sache zu sicher gewesen; auf den letzten Metern spurtete Bomber vorbei, drängelte sich vor Lu und forderte sie auf. Sie sah Kant verlegen an, hob bedauernd die Schultern und ging mit dem anderen weg. Kant konnte es nicht fassen, er war ausgetrickst worden. Mittlerweile hatten sich alle Paare gefunden, nur ein paar Traumtänzer wie er waren übrig geblieben.

Enttäuscht zogen sie sich auf die Balustrade zurück und haderten mit ihrem Schicksal. Sie waren damals kurz davor zu gehen, als sich plötzlich die Eingangstür öffnete und sechs Mädchen vom Lande hereinschlüpften, die den Zug verpasst hatten. Diesmal zögerte Kant nicht lange. Mit Sylvia tanzte er einen Sommer lang. Zum Abschlussball trugen sie gerüschte Hemden in Froschgrün, Orange und Lila und darüber Samtjacketts mit Fliege. Kants Augengläser sahen aus wie eine viereckige Schweißerbrille, grün getönt und voll verspiegelt.

Vielleicht hat er Lu anfangs nur leidgetan, vielleicht war er auch der bessere Tänzer. Seit Ende des Kurses sind sie jedenfalls ein Paar. Mit ihren langen blonden Haaren und ihren sanften Rehaugen hat sie ihn sofort verzaubert, auch ihr leichtes Lispeln gefällt ihm. Wenn er über die blonden Härchen auf ihrer braunen Haut streicht, fühlt er sich wie der glücklichste Mann auf diesem komischen Planeten, auf dem sich Männer und Frauen sonst ständig in den Haaren liegen. Mit ihr ist alles anders. Ob er sie verdient? Auf jeden Fall. Eifersüchtig ist er trotzdem, vor allem auf die älteren Jungs, die so tun, als sei er gar nicht vorhanden. Als sei er nur eine Übergangslösung, ein dummer Zufall, der nur zum Zuge kam, weil gerade niemand zur Stelle war, als sie zu gewinnen war. Dabei hat er seine Qualitäten, und sie weiß das. Er quatscht nicht so viel wie dieser Student, der Lateinlehrer werden will und ihr ständig Ratschläge fürs Abitur aufdrängt. Und Kant säuft und qualmt nicht so viel wie sein Vorgänger, der ihm mit seinem Zottelhaar und den Sandalen wie eine schlechte Jesusimitation vorkommt. Oder wie die anderen Schwimmer, die sie ständig beim Training trifft und bei Wettkämpfen. Aber den meisten hat das Chlorwasser schon das Hirn durchgespült, und das einsame Bahn-für-Bahn-Schwimmen erhöht auch nicht gerade die sozialen Fähigkeiten. Nein, das ist schon alles gut so, wie es ist. Auch wenn er sich manchmal etwas mehr Nähe wünschen würde. Aber er will nichts überstürzen. Es soll so sein, wie sie es will. Manchmal zweifelt er, ob er nicht doch direkter sein sollte. Schließlich sind sie keine Kinder mehr. Dann packt ihn aber wieder die Angst, dass er sie zu sehr bedrängen und so verlieren könnte. Und das will er auf keinen Fall. Er wird warten.

Kant dehnt sich faul, schiebt ein paar Zwickel über den Tisch, weil er gerade ein Solo verloren hat und sieht hinüber zu Harry, der mit Monty Bratwürste brutzelt und diese lautstark anpreist. Mit ein paar Stunden Aushilfe am Grill bessern sie ihr Taschengeld auf, um es in Platten und Benzin zu investieren. Kant träumt von einem Moped, einer 50er Herkules, wie sie Blum fährt, aber der hat auch einen großzügigen Vater. Die meisten von ihnen besitzen Ciao- oder Peugeot-Mofas, einige haben eine Honda Dax oder gar ein Moped von Kreidler oder Zündapp. Für sechzehn- oder siebzehnjährige Schüler eine absolute Statusfrage! Kant ist froh, zumindest ein Mofa zu besitzen, denn sein Heimweg beträgt einige Kilometer quer durch die Stadt. Nach einem langen Tag im Schwimmverein blieb er früher mit dem Rad oft völlig ermattet an einem der zahlreichen Hügel hängen, die es zu überwinden gilt. Sein Vater hat ihm zum nächsten Geburtstag zwar eine Vespa versprochen, aber seine besorgte Mutter hat schon ihr Veto eingelegt.

*Same old song / just a drop of water in an endless sea / all we do crumbles to the ground though we refuse to see / dust in the wind / all we are is dust in the wind*

Während nun ein paar Jungs auf der Wiese hin und her kicken, bleibt Kant im Biergarten sitzen. Er hat heute keine Lust, sich zu bewegen.

Es ist ihm einfach noch zu heiß. Vielleicht wird er später mit Lu schwimmen gehen oder Faltboot fahren, das scheint ihm vergnüglicher. Beim Faustball hat er sich vor ein paar Wochen den Arm angebrochen, weil er aus lauter Übermut einen Hüpfball in die Luft geworfen und wie einen Faustball zu spielen versucht hat.

Heute ist Samstag. Seine Mutter ist bei seinem Vater in der Klinik. Er hat nicht gewollt, dass Kant mitkommt. Vielleicht wird später im Glashaus über dem Maschinenraum noch eine Party steigen. Dort liegen Matratzen herum, sie ziehen sich oft dorthin zurück, rauchen, trinken Bier, Lambrusco und Cinzano und hören Musik. Meist bringt Harder neue Platten mit, Journey, Boston und Kansas sind gerade angesagt, manchmal klampft auch Blum auf der Gitarre, und zum Sommerfest gibt es schöne kleine Konzerte. Im Grunde sind sie ziemlich harmlos, auch wenn ihnen die Haare über die Schultern hängen und sie manchmal als Gammler beschimpft werden. Dieser »Dann-geht-doch-rüber«-Mentalität begegnen sie nicht selten, doch sie kümmern sich wenig darum. Erst allmählich hat eine gewisse Politisierung begonnen; vor zwei Jahren hat Kant Flugblätter für Willy Brandt verteilt, genützt hat es dann doch nichts. Im Schwimmverein fühlen sie sich wohl, hier lässt man sie in Ruhe. Die meisten kennen und respektieren sich. Solange sie es nicht übertreiben, nicht allzu sehr herum flippen, lassen die Alten sie auch an der langen Leine. Sie gehen Angeln oder spielen Karten, sind hinter den Mädels her und genießen dieses paradiesische Fleckchen Erde am sich gemächlich vorbei schlängelnden Fluss.

*Now don't hang on/nothing lasts forever but the earth and sky/it slips away and all your money won't another minute buy/dust in the wind/all we are is dust in the wind*

Lipschitz spielt den Grün-Ober aus, diesmal geht es über Kreuz. In Kants Schüssel ist ein ansehnliches Sümmchen zusammen gekommen. Die neue Tankfüllung ist auf jeden Fall gesichert, vielleicht wird er Lu noch auf einen Eisbecher ins *Venezia* einladen. Eine Stimme tönt durch den Lautsprecher: »Frau Rosner, bitte ans Telefon.« Das ist eine Freundin seiner Eltern, sie wohnen in der gleichen Straße. Warum wird sie aufgerufen? Kant hat plötzlich ein flaues Gefühl im Magen, er wird ganz unruhig und kann sich nicht mehr auf das Spiel konzentrieren. Es dauert nur wenige Minuten, da sieht er sie mit schnellen Schritten auf den Tisch zukommen. Bevor er sich erheben und sie begrüßen kann, hat sie schon ihre Arme um ihn geschlungen. »Du musst jetzt ganz stark sein«, sagt sie mit gepresster Stimme. Er weiß sofort, was geschehen ist.

*All we are is dust in the wind / dust in the wind (everything is dust in the wind) / everything is dust in the wind … the wind*

# 29 Palmen

Es war nicht leicht gewesen, diese Insel zu finden. Wer kennt schon eine Insel, auf der exakt 29 Palmen wachsen? Beim Reisebüro muss man nicht fragen. Jeder würde sagen: Wieso genau 29 Palmen, Mister? Wie viele Palmen auf diesem verdammten Fleckchen Erde wachsen, auf dem Sie Urlaub machen wollen, kann Ihnen doch egal sein. Wir bieten Ihnen einen Traumstrand mit dem feinsten Sand, den es auf diesem Planeten gibt. Dazu türkisfarbenes Wasser, garantierten Sonnenschein und eine randvoll gefüllte Hausbar. Das wird Sie zwar ein paar Dollar kosten. Aber wenn man das alles haben kann, wozu um alles in der Welt benötigt man dann noch 29 Palmen? Robert wollte es nicht erklären. Und rief einen Freund an, der ihm helfen würde, ohne Fragen zu stellen.

Der Blick aus dem Helikopter verheißt nichts Gutes. Was Robert unter sich sieht, erinnert ihn an die von Fliegendreck besprenkelte Tischdecke aus blauem Plastik, die seine Großmutter jahrelang auf ihrem Gartentisch liegen hatte. Das strahlende Blau dieses Tuchs war im Laufe der Zeit matt geworden, eine von dünnen Schlieren durchzogene, an manchen Stellen schon poröse Schicht, die mit der Holzplatte des Tischs verwachsen zu sein schien. Für Robert war das der Beweis dafür, dass selbst das scheinbar Unverwüstliche irgendwann vergeht. Er blickt auf das Meer und die beiden kleinen Inseln, die langsam näherkommen. Wie ein paar Milchspritzer in einer schaumigen Soße umspielen die Wellen die Riffkanten, während zwei Dhonis am Steg in der Lagune schaukeln. Das langgezogene Eiland ist weitgehend mit Palmen bedeckt, nur ein schmaler Sandstreifen säumt seinen Rand und setzt sein gebrochenes Weiß trotzig gegen die türkisfarbene Übermacht des Wassers. Unmittelbar daneben, nur durch einen schmalen Kanal getrennt, den man zu Fuß durchwaten kann, liegt wie ein behäbig im Wasser schwimmender Klops die runde Insel, auf der die Einheimischen wohnen. Robert seufzt. Wenigstens ein zaghafter Kontrast inmitten dieser überirdischen Schönheit, die nicht leicht auszuhalten ist. Letztlich aber verhilft dieses Relikt der Normalität der grazilen Anmut an seiner Seite zu nur noch mehr Glanz. Alannah lächelt ihn an, Robert lächelt zurück und denkt über die zwei Inseln nach. Am liebsten würde er sofort wieder umkehren. In seinem Magen rumort es. Er spürt die Gefahr, die von ihrem Ziel ausgeht. Doch er weiß, dass es keinen Ausweg gibt. Ein Blick auf Alannah, die sich ihre Nase am Fenster plattdrückt und mit mädchenhaftem Geglucksе die Landung des Helikopters kommentiert, und Robert ahnt, dass er einen Fehler gemacht hat.

In zehn Minuten sind Alannah und Robert einmal um die Insel gelaufen. Das Terrain ist überschaubar, keine dreihundert Meter lang. Überall gibt es Palmen und dichtes Gebüsch, darin versteckt zwei luxuriöse Bungalows und das Gästehaus, in dem man sich zum Essen trifft. Natürlich hat Robert sofort nachgezählt. Das hätte er besser nicht getan. Aber Alannah ist nichts aufgefallen. Sie scheint von diesem kleinen Paradies viel zu begeistert zu sein, als dass sie ein Baum mehr oder weniger ernstlich interessieren würde. Beim Gang zum Strand schneidet sich Robert an einem Korallenstück. Die Wunde ist nur klein, doch für Robert wirkt sie wie ein schlechtes Omen.

Alannah hat sich in den warmen Sand gekniet und lässt ihre Finger kreisen. Sie öffnet ihr schwarzlockiges Haar, das sie hochgesteckt hat, wirft es in den Nacken und sieht ihn an. Mit ihrem weißen, schulterfreien Kleid, das seitlich gerafft ist und ihre Taille betont, den goldenen Creolen und dem erdbeerroten Lippenstift sieht sie aus wie eine verirrte Wassernixe, die das Meer ausgespuckt hat und die nun das Glück zu den Menschen bringen soll.

Danach beziehen sie die Hütte. Bad und Bett sind mit weiß-roten Blütenblättern übersät, ein Willkommensgruß, der Alannah in einen freudigen Taumel versetzt. Ihre Behausung ist mit edlem Holz und feinsten Stoffen ausgekleidet, es fehlt an nichts, aber das hatte ihm der Freund auch versprochen.

Sie sind die einzigen Gäste auf der Insel, das ist jetzt ihr Palmendorf, ihre Oase. Nur nicht ganz so trocken und karg wie dieses Nest in der Mojave-Wüste am Rand des Joshua-Tree-Nationalparks. Dorthin hatte ihn Alannah verschleppt, in eine Art Motel, bestehend aus zehn indianischen Lehmhütten. An diesen Ort zog sie sich häufig zurück. Ein Hippiedorf und ihr privates Wasserloch inmitten einer trostlosen Landschaft mit dem kühnen Namen »29 Palmen«.

Robert nippt an seinem Cocktail. »Weißt du, dass wir unseren Alkohol früher immer geschmuggelt haben?«

Alannah schüttelt den Kopf. »Du, ein Schmuggler! Das kann ich mir gut vorstellen. Vor allem wenn ich an euren Verbrauch denke.« Sie lacht. »Aber diese Mengen kann man doch gar nicht verheimlichen, oder?«

»Wir sind hier in einem muslimischen Land. Als ich zum ersten Mal auf dieser Insel war, vor vielleicht zwanzig Jahren, war nichts touristisch und Alkohol wahnsinnig teuer. Muss ja alles importiert werden. Zuhause habe ich Apfelsaftflaschen aus undurchsichtigem, braunem Glas mit weißem Rum gefüllt. Für die Drinks, zum Mixen. Zehn Stück, das musste reichen. Als die Zollbeamten das Gepäck durchsuchten, war ich ziemlich nervös, aber sie öffneten die Flaschen nicht. Mein Glück.«

Alannah prostet ihm zu. »Oh, was ist denn das?« Sie deutet auf den Horizont. »Es ist doch noch überhaupt nicht spät!«

Ihre Vorstellung von einem romantischen Sonnenuntergang erleidet gleich am ersten Abend einen erheblichen Dämpfer, weil die Sonne blitzschnell verschwindet, so als habe jemand auf den großen Lichtschalter gedrückt. Klar, sie sind hier am Äquator, das hatte sie nicht bedacht. Robert holt eine Kerze und zündet sie an. »Das hat auch seinen Reiz«, flüstert Alannah und drückt den alten Piraten.

Am nächsten Morgen ist Ruhe angesagt. Während Alannah in der Sonne döst, hat sich Robert in den Schatten verzogen, um zu lesen. Auf Reisen hat er stets ein Buch bei sich. Es entspannt ihn und überbrückt die Wartezeiten, wenn sie auf Tour sind. Auch jetzt kann er nicht darauf verzichten. Immer diese Angst, den gewohnten Gang der Dinge zu verändern. Als er vor vielen Jahren auf den griechischen Inseln unterwegs war, hat er sein geliebtes Kopfkissen zwei Wochen lang von Hotel zu Hotel getragen, in Bogota hat er überall die *Times* gesucht und in Frankreich versucht, Schwarzbrot aufzutreiben. »Du bist wie ein kleiner Junge, der Angst hat, dass man ihm sein Spielzeug wegnehmen könnte«, neckt ihn Alannah. Robert lächelt zerknirscht und zuckt mit den Schultern. Als wolle er sagen, sei nicht so streng mit mir. Alannah meint, ihm sei nicht zu helfen, und stapft hinüber zur Rezeption.

Robert seufzt und schlägt Thomas Bernhards *Frost* auf. Er hatte gedacht, der Titel passe gut zu den tropischen Temperaturen. Wenigstens weht eine leichte Brise vom Meer her. Robert blättert im frostigen Buch. Schon auf den ersten Seiten wirkt alles erstarrt, hoffnungslos, zerstörerisch, einsam. Robert kann keine Geschichte entdecken, die hier erzählt würde. Die Begegnung zwischen einem Medizinstudenten und dem Maler Strauch in einem düsteren Gebirgsdorf wächst sich zu einem verbalen Krieg aus, in dem Strauch seine Vorstellungswelt ausbreitet. Dieser Maler ist ein komischer

Kerl, spricht dauernd mit sich selbst und versucht, zwischen allen Dingen eine Beziehung herzustellen. Robert stöhnt und legt das Buch beiseite. Zu anstrengend.

Er schnappt sich den Kopfhörer und schaut auf das türkisfarbene Meer. Still grinst er in sich hinein, als er die erste Nummer hört: *Are You Gonna Go My Way*. Der Prince of Cool. Sie hatten Lenny mächtig ins Schwitzen gebracht, vor ein paar Wochen in Madrid, als sie als Vorgruppe spielten und nach dem Set fünfzehn Minuten Ovationen bekamen. Eigentlich war es das Beste, was Lenny passieren konnte. Aber er hatte gedacht, ich gebe diesem alten Sack einen kleinen Platz, wo er für mich einheizen kann. Dass es dann so heiß werden sollte, haute ihn völlig aus den Socken. »Hey Mann, verdammte Scheiße, du bringst mich um!«

»Natürlich!« hatte ihm Robert lachend geantwortet. »Was dachtest du denn? Ich bin einfach noch verdammt gut, mein Junge!«

Sie hatten auf der Tour noch mit den Black Crowes, Def Leppard und Heroes Del Silencio gespielt, aber nie hatte es ihm mehr Spaß gemacht als bei den Auftritten, wo er Lenny piesacken konnte.

»Warum gluckst du so fröhlich in dich hinein?« Alannah reicht ihm einen Drink. »Ich hoffe, du denkst gerade an mich ...«

»Darling, ausnahmsweise mal nicht. Ich musste gerade an die Tour denken. Wie gut wir beim Publikum ankamen. Das war fantastisch. Ich hoffe, in den Staaten wird es ähnlich laufen.«

»Ich bin sicher. Es wird großartig. Die Leute lieben dich.«

Robert schweigt und dreht gedankenverloren an seinem Strohhalm.

»Was ist los?«

»Nichts.«

»Nun sprich schon. Ist es wegen Jimmy?«

»Hm. Er ist ziemlich pushy. Er will unbedingt die alte Kiste weiterfahren. Und ich weiß nicht, ob ich das will.«

»Verstehe.« Sie lächelt ihn an. »Ich will mich nicht einmischen. Aber ich finde, du solltest weiterhin deine eigenen Songs machen. Sie sind großartig. Und ich habe das Gefühl, dass es dich mehr erfüllt, als immer nur die alten Sachen aufzukochen.«

Robert zögert. »Es ist ja nicht so, dass ich die Songs nicht mehr mag. Aber ich will mich weiterentwickeln. Ich will einfach nicht noch dreißig Jahre *Whole Lotta Love* singen und nichts anderes. Aber mein Manager und auch die Leute von der Plattenfirma wollen, dass ich diese Schiene weiter bediene.«

»Aus deren Sicht absolut verständlich. Du bist die Kuh, die man noch endlos melken kann. Ein Publikum für Zep wird es immer geben. Auch noch in dreißig Jahren.« Sie schaut ihn ernst an. »Die Frage ist nur, ob das nicht deine Kreativität einengt.«

»Ich weiß schon. Seit John tot ist, ist es sowieso nicht mehr die alte Band. Aber Jimmy geht lockerer damit um als ich.« Er nimmt einen großen Schluck. »Es ist nur noch wenig Zeit. Und es gibt noch so viel, was ich machen will. Andererseits möchte ich ein wenig kürzer treten – da gilt es, die richtige Balance zu finden.« Noch ein Schluck. »Vielleicht wird es einen Kompromiss geben. Das ist meistens das Beste. Ich mache erstmal meine Sachen, und wenn sich etwas Spezielles ergibt, können wir ja darüber nachdenken, was wir gemeinsam auf die Beine stellen. Jimmy wühlt sowieso dauernd in den Archiven und findet irgendwelche besonderen Aufnahmen. Dafür bin ich ihm dankbar, das finde ich richtig gut.« Robert leert das Glas. »Vor zwei oder drei Jahren habe ich zu Jimmy gesagt: Wenn du irgendetwas Akustisches hast, lass es mich wissen – ich würde mich gerne daran versuchen. Das war ein offenkundiges Friedensangebot. Er hat es ignoriert. Er hat sich nicht einmal die Mühe gemacht, mir zu antworten. Was vielleicht auch daran liegt, dass er erkannt hat, dass die Erwartungen an eine Reunion viel zu hoch sind, um sie wirklich erfüllen zu können. Oder weil ihm die Remasters schlichtweg wichtiger sind.«

Alannah legt ihm die Hand auf den Arm und zieht ihn hoch. »Komm, großer Krieger, lass uns ins Wasser gehen. Das kühlt dich ein bisschen ab. Ich habe das Gefühl, dass du das jetzt brauchst.« Gerne gibt er ihrem Drängen nach und wirft sich in die sanfte Brandung.

Gestern war er in der Lagune Schnorcheln gewesen. Nur in T-Shirt und Badehose, mit fatalen Folgen. Er hatte nicht bedacht, dass die Sonne auch noch dreißig Zentimeter unter der Wasseroberfläche Wirkung zeigt, und sich so am Nacken und an den Beinen einen heftigen Sonnenbrand geholt. Und er hatte wohl sein Bäuchlein, das in den letzten Jahren erkennbar gewachsen war, unterschätzt. Die Lagune war flach und mit Korallenstöcken übersät. Er fand kaum einen Weg hinaus zum Riff und holte sich einige böse Schrammen und Kratzer. Trotzdem war es ein besonderes Erlebnis gewesen. Schon in Strandnähe fraßen ihm die Fische aus der Hand, manche hüpften geradezu nach dem Futter. Kleine Putzerfische knabberten an seiner Haut, was ihn amüsierte. Und als er etwas weiter draußen war, sah er neben den vielen bunten Fischen auch zwei Schildkröten und den Haushai, der sich mächtig wichtig machte und immer in seiner Nähe patrouillierte.

Heute ist er, ganz entgegen seinen Gewohnheiten, schon am Vormittag im Wasser gewesen. Es hat sich gelohnt, es war Flut, am Hausriff sah er einige schlafende Weißspitzenhaie, eine Netzmuräne, Clownsfische und Schwärme von Süßlippen. Er war nicht tief getaucht, nur drei bis vier Meter, aber so zu schweben in der leichten Strömung am Riff und diese ganz eigene Welt erleben zu dürfen, hatte ihn andächtig und demutsvoll werden lassen. Nach dem Essen nimmt er sich nochmals den Bernhard vor. Vor einiger Zeit hat er einen Film gesehen, in dem dieser selbsternannte philosophische Aasgeier auf einer mallorquinischen Hotelterrasse sitzt und behauptet: »Die großen Spaßmacher der Geschichte sind die Lachphilosophen Immanuel Kant und Arthur Schopenhauer.« Ihm erschien Bernhard ruhig und lässig, sehr charmant und lustig, er sah sagenhaft gut aus, war tadellos gekleidet und sagte unter anderem so kluge und richtige Dinge wie: »Wenn man darüber nachdenkt, was man schreiben soll, dann ist schon was falsch. Das ist ja das Schöne an meinen Büchern, dass das Schöne überhaupt nicht beschrieben ist, dadurch entsteht es von selbst.«

Das hat ihn neugierig auf diesen Typen gemacht. Denn der Satz könnte auch von ihm stammen. Dieser Autor liebt offenbar das Spiel mit dem Möglichen, den Wechsel von scheinbarer Absichtslosigkeit und kalkuliertem Selbstbezug und vor allem den Weg ins Offene und Abweichende. In dem Buchladen, in dem Robert regelmäßig einkauft, empfahl man ihm den Roman *Verstörung*. Er mühte sich mit der Lektüre, aber ihn faszinierte die Figur dieses zurückgezogen lebenden Industriellen, der seine philosophische Studie so lange überarbeiten will, bis nur noch ein einziger Gedanke übrig bleibt. »Wenn ich auch alles, was ich bis jetzt geschrieben habe, vernichtet habe«, heißt es da, »habe ich doch die größten Fortschritte gemacht.« Das hat Robert imponiert. So extrem denkt er zwar nicht, spielt ja auch hier und da die alten Songs, weil sein Publikum das von ihm erwartet, aber der Grundgedanke, alles hinter sich zu lassen und stets das Neue auszuprobieren, ist ihm nahe. Er will nichts forcieren, sondern warten, wie die Dinge sich entwickeln und was daraus entstehen wird. Er weiß nicht, ob es ihm gelingen wird.

Jetzt kann die Tauchstunde kommen, bei Chrissie, der Amerikanerin mit den Sommersprossen. Robert schnappt sich seinen Shorty, Maske und Flossen und geht rüber zur Tauchbasis, wo Chrissie schon auf ihn wartet. Sie ist eine typische Kalifornierin, burschikos und kess, mit ihrer blonden Mähne und der Sonnenbräune macht sie eine gute Figur, was auch Robert nicht entgangen ist. Das macht den Unterricht noch etwas angenehmer; heute ist sie sein Buddy, weist ihn in das Tauchgebiet ein und klärt nochmals alle Regeln ab. Geplant ist, mit dem Boot zu einer Sandbank zu fahren, an deren Rand in der Strömung viele Fische stehen sollen.

Als sie das Boot verlassen, ist Robert irritiert, weil er mitten im Meer im knietiefen Wasser stehen kann. Es fühlt sich komisch an, als würde sein Oberkörper in einen endlosen Himmel hineinragen, während seine Füße allmählich im Schlick versinken. Nichts als Wasser, soweit das Auge reicht, und mittendrin ein aufrecht stehender Taucher, das muss aus der Entfernung absurd aussehen.

Das Wetter ist gut, das Wasser kaum bewegt, Robert gleitet tiefer hinein und spürt den Sog und die Kälte der Strömung. Er kommt kaum dazu, sich nach den vielen Wimpel- und Schaukelfischen umzusehen, so sehr ist er damit beschäftigt, die Position zu halten. Ein Schwarm Barrakudas zieht in einiger Entfernung vorbei, viele Drückerfische und sogar ein Zackenbarsch ein paar Meter unter ihm, hier ist richtig Verkehr. Robert schießt mit seiner kleinen Unterwasserkamera ein paar Fotos und kommt dabei offenbar einem Napoleonfisch zu nahe. Er hat keine Erfahrung im Umgang mit größeren Fischen, aber da er sieht, dass dieses Exemplar den Körper leicht neigt, wenn er sich ihm nähert, glaubt er, dass das nichts Gutes verheißt. Vielleicht hat der Kamerad hier irgendwo sein Gelege. Mit ein paar Flossenschlägen tritt Robert den Rückzug an und lässt ihn in Ruhe.

Chrissie ist im Moment nicht zu sehen, Robert taucht auf, um sich orientieren, und registriert, dass er doch ein ganzes Stück weit vom Boot abgetrieben ist. Aber da ist schon Chrissie und fragt ihn, ob alles okay sei und er noch genügend Luft habe. Kaum hat Robert genickt, packt sie ihn am Arm und zieht ihn nach unten. Offenbar hat sie etwas entdeckt, das sie ihm unbedingt zeigen möchte. Zügig taucht sie ab und nimmt Robert, bei dem sie sich eingehakt hat, mit in die Tiefe. Robert geht das alles zu schnell, sie sind jetzt schon auf fünfzehn Meter, aber Chrissie ist voll auf Kurs und achtet nicht auf ihn. Robert bekommt zunehmend Probleme mit dem Druckausgleich, er hätte einen langsameren Abstieg gebraucht, um sich an die Tiefe zu gewöhnen. Seine Lehrerin merkt immer noch nichts. Als der Druck in seinen Ohren unerträglich wird, reißt er sich von Chrissie los und schießt nach oben. Er weiß, dass das ganz falsch ist, aber er verspürt Todesangst und kann nicht anders. Als er auftaucht, ringt er nach Luft. Sein Kopf schmerzt. Chrissie taucht unmittelbar neben ihm auf, reißt sich die Maske runter und fragt, was los ist. Robert macht ihr ein Zeichen, das sie beruhigt. Langsam kommt er zu sich und hält nach dem Boot Ausschau. Neben ihm treibt eine Kokosnuss vorbei.

Als sie wieder an Land sind, merkt Alannah sofort, dass er blass um die Nase und wacklig auf den Beinen ist.

»Was ist passiert?« Sie klingt ehrlich besorgt.

»Nichts, es ist alles okay. Ich bin nur zu schnell aufgetaucht. Das hätte ich nicht tun sollen.« Er erzählt ihr, was geschehen ist.

Das bringt sie in Rage. »Kann diese Frau nicht besser auf dich aufpassen? Das ist verdammt noch mal ihr Job! Sie hätte dich nie und nimmer nach unten ziehen dürfen, ohne sich zu vergewissern, ob bei dir alles in Ordnung ist.«

Robert versucht, sie zu beruhigen. Aber Alannah ist nicht zu bremsen.

»Das hätte auch leicht schief gehen können! Das weißt du, nicht wahr? Mit der werde ich mal ein Wörtchen reden.«

»Alannah, nein, bitte, das tust du nicht.« Er zieht sie sanft zu sich. »Lass das bitte. Mir ist nichts passiert. Ich hätte mich ja auch besser verständlich machen oder mich wehren können. Das war vielleicht auch mein Fehler. Lass uns das nicht hochspielen. Es lohnt sich nicht. Okay?«

»Na gut, wenn du das so willst. Aber in Ordnung finde ich es nicht.« Ihn rührt die Sorge, die sie um ihn zeigt.

Später beim Abendessen, als sich alles längst beruhigt hat, bei Kerzenlicht und Rotwein, fragt er sie, ob sie mit ihm nach England kommen und dort mit ihm leben will.

Sie lächelt und legt seine Hand in die ihre. »Du willst doch nicht etwa sesshaft werden? Das passt so gar nicht zu dir. Schau, ich bin ein fröhliches, kanadisches Ranch Girl, und du bist ein echter englischer Aristokrat. Ein Schwerblüter. Es wird nicht mehr lange dauern, und die Queen wird dich adeln, und dann lädst du die feine Gesellschaft zum Tee auf dein Schloss ein. Da passe ich doch gar nicht hin …«

»So ein Unsinn. Ich komme aus Black Country und trage kein Familienwappen auf meiner Unterhose. Das solltest du schon bemerkt haben.«

»Ich weiß. Aber du hast doch bereits eine Familie. Bist du nicht gerade erst wieder Vater geworden?« Robert will das nicht hören und brummelt vor sich hin.

»Du bist ein echter Gentleman, Planty. Du meinst, ich habe nicht bemerkt, warum du genau diese Insel für uns ausgesucht hast? Ich weiß das sehr zu schätzen. Aber du hast deine Pläne – und ich habe meine Pläne. Lass uns die Zeit hier genießen. Alles andere wird sich finden.«

Robert nimmt ihre Hand und führt sie zärtlich an seine Lippen. Er weiß, dass er verloren hat und dass er nicht mehr bekommen wird als die nächsten Tage. Schon beim Anflug auf die Insel hatte er es gespürt. Einfach zu viel Blau. Das konnte nicht gutgehen. Alle Gedankenspiele enden auf diesem Eiland, verlaufen im Sand. Unwillkürlich muss er schmunzeln. Bernhard hätte das so gefallen. Keine Geschichte, die es zu erzählen gibt, kein Drama und auch kein glücklicher Ausgang. Stattdessen bleiben alle Wünsche offen. Und eine kleine Katastrophe löst sich auf im Lächeln einer Nixe, die aus dem Wasser kam.

Vier Wochen danach, auf Tour in Kalifornien, ruft Robert Jimmy an. Und schreibt einen neuen Song. *It comes kinda hard/When I hear your voice on the radio/Taking me back down the road that leads back to you/29 Palms/I feel the heat of your desert heart/Taking me back down the road that leads back to you*

# Die Stille der Wüste

Eigentlich ist das gar nicht seine Sache. Das war ihm schon vorher klar. Und bestätigt sich, als er kurz vor dem Abendessen im Club eintrifft. Mitten in der Wüste plötzlich gepflegtes Grün, dicke Palmen und fünf Männer mit Gartenschläuchen, die die Blumenbeete wässern. Vor dem Flachbau der weiß gekalkten Eingangshalle stehen mehrere Masten mit europäischen Flaggen, auf dem grob gesandeten Auffahrtsweg zwei Golf Carts und der clubeigene Bus, dazwischen geschäftige Angestellte, die beim Ausladen helfen.

»Bonsoir, Monsieur. Willkommen im Club! Wir hoffen, Sie hatten eine gute Anreise.« Kaum dass er dem klimatisierten Shuttle Bus entstiegen ist, prallt Mike gegen die trockene Hitze. Obwohl es schon dämmert, steht die Luft im Raum wie eine undurchdringliche Wand. Zwei junge Frauen in weißen Blusen und dunklen Hosen reichen eisgekühlte Getränke, nitrogrün mit Strohhalm und einem Schirmchen, das in einer Limette steckt. Dazu ein paar verbindliche Worte, während alle herumstehen. Der Drink hilft ihm kurz über den Augenblick, den er so hasst. Eine Freundlichkeit, mit der er nicht umgehen kann. Das macht ihn verlegen, so viel Aufmerksamkeit ist er nicht gewohnt. Trotz des rotorgroßen Luftfächlers an der Decke rinnt der Schweiß, und er verzieht sich auf sein Zimmer.

Schnell nimmt er ein paar Sportklamotten aus dem Koffer, zieht sich um und folgt den Pfeilen Richtung Speisesaal. Doch als er auf der Treppe die Paare kommen sieht, die sich zum Abendessen in Schale geworfen haben, tut er so, als gehe er noch ein Stockwerk tiefer zu den Fitnessräumen, kehrt dann aber auf sein Zimmer zurück. Nur knapp ist er einer Peinlichkeit entgangen.

Mike zieht sich um. Das dunkelgrün schimmernde Satinsakko, die schwarze Hose. Nur widerwillig bindet er sich den schmalen, grünlila gemusterten Schlips um, bevor er die Treppen zum Erdgeschoss hinunter läuft. Der Spiegel ist mit ihm zufrieden, aber ein Sonny Crockett wird er nicht mehr werden. Es ist das einzige Sakko, das er eingepackt hat. *Mit dem Sakko nach Monakko zu den Monakken und den Monarchen.* Da ist Mike noch nie gewesen, bei der hübschen Caroline mit der Kleiderordnung, aber wenigstens ist er nicht wie Udo vom Himmel in ein Doppelkornfeld gefallen, sondern in einer winzigen Zweizimmerwohnung mit Innenklo gelandet. Als ihm die Frau im Reisebüro Coral Beach vorschlug, hatte er nur genickt. Es hatte gut geklungen. Er war zu müde gewesen, um sie zu fragen, zu welchem Meer dieser Strand überhaupt gehört. Den Sommer problemlos in den Herbst hinein verlängern. Das war das Einzige, was er wollte. Von einer Nobelherberge war nie die Rede gewesen.

Man setzt ihn an einen Tisch mit fremden Leuten, die nur französisch parlieren. Auch wenn sie aus Schweden kommen, wie das hübsche Paar ihm gegenüber. Alles polyglotte Leute, wahrscheinlich mit Harvard-Diplom, obere Führungsebene. Es scheint erwünscht zu sein, dass man jeden Abend neue Menschen kennenlernt. Er nickt verlegen, wenn man ihn anspricht, und kramt in seinem Hirn nach den paar Vokabeln, die ihm aus seiner Schulzeit im Gedächtnis geblieben sind. Nichts zu sagen und nicht als unhöflich gelten zu wollen, ist anstrengend. Er prostet, »Santé! Santé!«, freundlich grinsend, mit dem Weinglas immer wieder in die Runde der sonnenverbrannten Dekolletés und jovialen Schulterpolster und widmet sich verstärkt den Köstlichkeiten des Büffets. Hummus, Pita und die scharfen, rotgelb und giftgrün leuchtenden Soßen – er merkt, wie ausgehungert er nach all den Monaten ist, mit dem schnellen, billigen Essen und den harten Getränken. Aber es ist zu viel Energie am Tisch, Mike windet sich immer mehr ein und verabschiedet sich bald unter dem Vorwand, lange vermissten Schlaf nachholen zu wollen.

Als er an einer der Bars vorbeikommt, beschließt er, noch einen kurzen Drink zu nehmen.

»Einen Whiskey Sour, bitte.«

Es ist sein erster Abend, da kann er nicht jetzt schon ins Bett gehen. Neben ihm sitzen zwei Frauen, denen er keine besondere Aufmerksamkeit schenkt. Einheimische offenbar, dem Teint nach zu urteilen, unterschiedlichen Alters, vielleicht Mutter und Tochter. Mike vertieft sich in sein Glas und studiert nachdenklich Kubatur und Oberfläche der drei Eiswürfel, die in seinem Drink für kühle Stimmung sorgen. Die Zeit des Wartens ist nun vorbei, sein Akku ziemlich leer, und seine Vorstellungskraft, was er mit den nächsten zehn Tagen anfangen könnte, endet im Augenblick an der Höhe dieses Tresens. Der Barkeeper wuselt herum und poliert mit sich um die Wette, als wolle er den Gläsern denselben Glanz verleihen wie seinem kahlen Schädel. Irgendwie findet ihn Mike rührend in seiner fröhlichen Geschäftigkeit und prostet ihm verhalten zu. Der Mann, kein Einheimischer, vielleicht ein Inder oder Pakistani, nickt mehrmals, und es fehlt nicht viel, dass er sich vor Mike verbeugt. Was diesem schon wieder zu viel ist und ihn zum Aufbruch veranlasst. Er kramt nach seinem Geldbeutel und legt umständlich einen Schein vor sich hin. Doch als er dabei die Augen hebt, um durch das große Fenster zum beleuchteten Palmenstrand zu sehen, gerät das Gesicht der jungen Frau in sein Blickfeld. Sie ist plötzlich sehr nah, zwei dunkle Augen, ein weißes Lächeln, scharfe Konturen. Ihr Körper, das fällt ihm jetzt erst auf, hat etwas sehr Körperliches. *Raven hair and ruby lips/sparks fly from her finger tips/Echoed voices in the night/she's a restless spirit on an endless flight/wooo hooo witchy woman, see how high she flies/woo hoo witchy woman she got/the moon in her eye.*

Es geht alles sehr schnell, sie reden nicht viel, was sollen sie auch reden. Er erfährt, dass sie Manon heißt, das muss vorerst reichen. Manon zieht ihn an der Hand hinaus zu den Booten.

»Ich zeige dir das Meer. Bei Nacht ist es am schönsten.« Mike glaubt ihr kein Wort und versinkt im Sog ihrer Blicke. Sie finden ein Ruderboot, das am Strand liegt, und legen sich auf die Taue im Rumpf des Bootes. Nicht sonderlich bequem, aber Mike hätte auch Kakteen oder glühende Kohlen ertragen, nur um sie in den Armen halten zu können. Erst am frühen Morgen trennen sie sich. Manon, die ihre Abreise bereits geplant hatte, verlängert ihren Urlaub um ein paar Tage.

Sie mieten sich ein Auto und fahren in die Wüste Negev. »Ich werde dir mein Land zeigen«, hat Manon gesagt. Ohne Begründung, als müsse dies zwangsläufig auf diese Nacht folgen. Sie hat ihm das auch nicht vorgeschlagen, sie hat es ihm lediglich mitgeteilt. Mike mag spontane Aktionen eigentlich nicht. Aber nun gefällt ihm die Vorstellung, mit dieser Frau, die er nicht kennt, einfach loszufahren. Und es erspart ihm die abendlichen Floskeleien mit der Jeunesse dorée, die sich ans Rote Meer verirrt hat.

Sie fahren auf einer einsamen Asphaltstraße durch die Dünen. Ob sie ein Ziel haben, weiß Mike nicht. Es spielt keine Rolle. Irgendwann halten sie an und steigen aus. Auf dem nahezu kahlen Hochplateau, umgeben von Disteln und kleinen Dornbüschen, setzt sich Mike in den Sand. Er legt sein Ohr auf den Boden, verharrt mehrere Minuten regungslos, während Manon in einiger Entfernung eine Zigarette raucht. Es ist später Nachmittag, die Sonne hat ein Einsehen und schickt warmes Licht, der Wind ist kaum zu spüren, am Himmel ein langer Kondensstreifen.

»Ich kann die Stille hören«, sagt Mike nach einer Weile. »Sie ist vollkommen.«

Manon lächelt, setzt sich zu ihm und legt ihren Arm um seine Schulter. Mit ihrem Stirnband und den langen, schwarzen Haaren sieht sie aus wie eine Indianerin, die über ihr Land blickt. Eine Eidechse huscht an ihnen vorbei.

»Gibt es hier Schlangen?«, fragt Mike.

»Natürlich. Die meisten sind giftig, wenn du das wissen wolltest.«

»Großartig.« Mike steht auf und klopft sich den Sand aus der Hose. »Ich liebe Schlangen. Wirklich. Tolles Land. Hoffentlich sehen wir noch welche.« Manon zieht ihn an den Haaren, bis er um Erbarmen fleht.

Stolz führt sie ihn nach Masada, zur steinernen Festung am Toten Meer, wo ihre Vorfahren einer gewaltigen Übermacht römischer Legionäre getrotzt haben, bis sie, angesichts der drohenden Erstürmung der Anlage, mit Frauen und Kindern den Freitod wählten. Ein Platz der Helden, denkt Mike, und Manon lässt keinen Zweifel daran, dass es so ist.

Mike legt sich ins Tote Meer und blättert in einer israelischen Zeitung, die er auf der Rückbank ihres Mietwagens gefunden hat. Als Manon ihn fotografiert, findet er sich peinlich und würde am liebsten abtauchen. Was nicht funktioniert.

Ein paar Stunden später erreichen sie Bethlehem. Manon will unbedingt einen arabischen Markt besuchen, um sich Schmuck zu kaufen. Mike hat früh gelernt, dass es böses Blut geben kann, wenn man mit Frauen einkaufen geht. Als er allein durch die Budengassen schlendert und absichtslos in das Bunte der Stände hinein fotografiert, wird er von Männern beschimpft und bedrängt. Er hat keine Ahnung, was los ist. Vermutlich wollen sie ihre unverschleierten Frauen beschützen. Einer versucht, ihm die Kamera zu entreißen, was Mike gerade noch verhindern kann. Die Stimmung ist gereizt. Mike hält es für ratsam, den Rückzug anzutreten und den Ort schnell wieder zu verlassen. Nicht einmal Zeit verbleibt, um die Geburtskirche anzusehen.

In einem Vorort von Jerusalem, durch den sie auf dem Weg zum Hotel fahren, werden sie plötzlich von Steine werfenden Jugendlichen attackiert, die ihren Mietwagen gesehen haben und sie als Eindringlinge betrachten. Nur mit Mühe kann Mike den Wagen in der engen Straße wenden und den Angreifern entkommen.

»Was ist das für ein Land, in dem man ständig um sein Leben fürchten muss?« Mike zündet sich hastig eine Zigarette an.

»Ein schönes Land mit schrecklich verbohrten Menschen, die verlernt haben, wie Frieden geht.«

»Wie kannst du hier leben?«

»Ich weiß es nicht. Mein Vater wohnt in Paris. Vielleicht werde ich zu ihm ziehen.«

Als sie am nächsten Tag durch den engen arabischen Basar Richtung Klagemauer gehen, spricht Manon bewusst laut Englisch mit ihm, weil sie Angst hat, als Israelin erkannt und angegriffen zu werden. Mit ihrer großen Sonnenbrille und dem Kopftuch, unter dem sie ihre schönen Haare versteckt hat, tarnt sie sich als Touristin im Strom der Besucher, eine absurde Mimikry, wie Mike findet.

»Ist das nicht etwas übertrieben? Du versteckst dich in deiner eigenen Stadt.«

»Erstens ist das nicht meine Stadt. Ich wohne in Tel Aviv. Dort ist das Leben ganz anders, viel freier, fast schon europäisch. Und zweitens ist Jerusalem eben sehr speziell. Ich will nicht, dass irgend so ein Fanatiker mir im Vorbeigehen sein Messer in die Rippen rammt.«

»Jetzt bildest du dir aber etwas ein?«

»Tue ich nicht. Das ist alles schon passiert.« Sie nestelt ihr Kopftuch zurecht und schaut ihn mit ernster Miene an.

»Ich weiß, dass das nicht leicht zu verstehen ist. Aber es ist die Realität. Das Böse hat sich als radikaler erwiesen als vorgesehen. Trotz allem, was diesem Volk zugestoßen ist, schlagen hier einige Herzen verkehrt. Es geht nicht um den Einzelnen, der wird lediglich zerdrückt wie eine Mücke oder in die Luft gejagt wie ein Stück Dreck. Es ist eine neue Form des Mordens. Diese Fanatiker, egal von welcher Seite sie kommen, sind so gefährlich, weil es ihnen offenbar einerlei ist, nicht nur ob sie leben oder sterben, sondern ob sie je geboren wurden oder niemals das Licht der Welt erblickten. Der Terror ist stets mitten unter uns. Das ist so.«

Mike schweigt. Was, wie er denkt, ein Fehler ist.

Manon hat ihn, bevor sie die Stadt erkunden, zuerst nach Yad Vashem geführt.

»Das«, sagt sie, »kann ich dir nicht ersparen.«

Die Gedenkstätte liegt auf einem hügeligen Gelände am Rande von Jerusalem. Als sie das Museum betreten, weiß Mike nicht, was ihn erwartet. Während er im ersten Raum, dem »Denkmal für die Kinder«, einen langen, dunklen Gang entlang geht, der nur durch Kerzen erleuchtet wird, und die Namen, das Alter und die Geburtsorte der Toten hört, versteht er, dass das der deutsche Teil ihrer Reise sein wird. Fünf Kinder, fünf Bilder, fünf Kerzen stehen stellvertretend für eineinhalb Millionen von den Nazis ermordete Kinder. Der Kerzenschein wird im Raum so gespiegelt, dass über den Besuchern ein Sternenhimmel entsteht, in dem die Seele eines jeden Kindes leuchtet. Man kann nur einzeln und langsam in dem schmalen Gang gehen, und Mike gewinnt eine vage Vorstellung davon, wie es für die jüdischen Gefangenen war, als sie auf diese Weise in die Gaskammern getrieben wurden. Er bewegt sich wie in Trance, unsicher und tapsig, nicht wissend, wo sein nächster Schritt im Dunkeln landen wird. Er nimmt niemanden um sich herum wahr, ist ganz still und starrt nur auf die Kerzen, bis ihm Manon versehentlich auf die Füße tritt.

Sie sehen die Steinplatten im Boden mit den Namen der zweiundzwanzig Konzentrationslager, die frei schwebende Kuppel mit den Fotos und Dokumenten der Opfer, den Haufen der Kanister mit Zyklon B, das für die Gaskammern benutzt wurde, die Sträflingskittel und die Schuhe der toten Kinder. Fast überall fällt seitlich oder von oben Sonnenlicht herein, als ob man in diesem Monument des Schreckens und der Erinnerung ein Symbol für die Hoffnung gesucht hätte. Der kalte Beton, die kantige, puristische Architektur des Bauwerks, sie verstärken den Eindruck des Unerträglichen; Mike kann Fotos wie das, auf dem Juden hintereinander in einer Reihe zur Exekution aufgestellt werden, damit die Mörder keine Kugel verschwenden, oder das von der Mutter, die ihr Baby, das sie in den Armen hält, mit Scherzen ablenkt, während ein Soldat mit dem Gewehr im Anschlag auf sie zielt und jeden Moment abdrücken wird, nicht mehr aushalten und flieht aus dem Gebäude.

Manon folgt ihm nach einiger Zeit und findet ihn auf einer Bank in der Gartenanlage des Museums. Sie reden eine Weile nicht. Manon bietet ihm eine Zigarette an.

»Was ist los, Mike?«

»Das letzte Foto war einfach zu viel. Ich war zwar schon einmal in einer ähnlichen Ausstellung, auf dem Reichsparteitagsgelände in Nürnberg. Aber das hier ist eine ganz andere Nummer.« Fahrig wischt er sich die Haare aus der Stirn.

»Du musst wissen, dass ein Teil meiner Familie aus Polen kommt. Meine Tante hat mir eine Geschichte erzählt, an die ich durch dieses Foto erinnert wurde.«

»Welche Geschichte? Erzähle sie mir bitte.«

Mike nimmt einen Schluck aus der Wasserflasche. »Meine Großeltern lebten am Anfang des Zweiten Weltkrieges in einem polnischen Dorf. Die Nazis hatten Polen überfallen. Und furchtbar gewütet. Es war bald klar, was auf die Leute dort zukommen würde. Vor allem auf die jüdischen Gemeinden. Eines Tages kamen ihre Nachbarn völlig verzweifelt zu ihnen. Ein junges, jüdisches Paar mit einem Neugeborenen, um das sie wahnsinnig Angst hatten. Sie baten meine Großeltern, das Baby solange bei sich zu verstecken, bis die deutschen Soldaten das Dorf wieder verlassen hätten. Meine Großeltern waren unsicher und in Sorge, was passieren würde, wenn man das Kind bei ihnen entdeckte. Aber letztlich nahmen sie es doch.

Sobald die Soldaten abziehen würden, käme das Kind zurück zu seinen Eltern. Tatsächlich stürmte eine SS-Einheit ein paar Stunden später das Dorf und durchsuchte es nach jüdischen Familien. Die jungen Nachbarn wurden ergriffen und abtransportiert. Sicher in ein Konzentrationslager. Man hat nie wieder etwas von ihnen gehört.« Mike unterbricht, muss schlucken. Manon legt ihm den Arm um die Schultern und schiebt ihm eine Zigarette zwischen die Lippen.

»Was ist dann passiert? Was ist aus dem Baby geworden?«

»Warte.« Mike steht auf und geht ein paar Schritte. Er muss sich erst beruhigen.

»Geht es wieder? Bist du okay?«

Er nickt und setzt sich auf die Bank. »Alle Häuser des Dorfes wurden durchsucht, nicht nur die der Juden. Man wollte auch diejenigen kriegen, die jemanden versteckt hielten. Das hatten meine Großeltern nicht bedacht und bekamen es mit der Angst zu tun. Schließlich wussten alle im Dorf, dass sie bis jetzt keine eigenen Kinder hatten. Und wenn sich nun jemand verplapperte oder sie gar verriet, wäre alles aufgeflogen. Meine Oma wusste sich nicht anders zu helfen, als das Baby schnell in eine Decke zu wickeln, ihm einen Lappen in den Mund zu stopfen, um seine Schreie zu ersticken, und es dann in eine Schuhschachtel zu packen. Diese versteckte sie unter einem Stapel mit anderen Schachteln auf der Toilette. Die Soldaten fanden das Baby nicht. Als sie weiterzogen, holte es meine Oma heraus, es war Gott sei Dank nicht erstickt. Sie behielten es und zogen es auf. Wie eine eigene Tochter. Das war meine Tante, später wurde noch meine Mutter geboren.« Er schaut sie an. »Das ist die ganze Geschichte.«

»Wow.« Manon schüttelt den Kopf. Sie hat Tränen in den Augen. Es dauert eine Weile, bis sie beide wieder sprechen können.

Sie lächelt ihn an. »Willst du eine Falafel? Ich kenne den besten Laden in Jerusalem.«

Tagsüber bewegen sie sich in der Altstadt, abends gehen sie in Bars, tanzen, treffen Freunde von Manon. Mike schenkt ihr eine Biografie von Zelda Fitzgerald.

Manon knufft ihm in die Seite. »Hältst du mich etwa für exzentrisch?« Sie weicht einen Schritt zurück, stemmt die Arme in die Hüften und schaut ihn streng an.

Mike ist verunsichert, zögert mit einer Antwort. Für einen Moment liegt eine flirrende Spannung in der Luft, als würden elektrische Blitze zwischen den beiden hin und her schießen.

»Soll ich dir was sagen?« Langsam glätten sich ihre Gesichtszüge, ein lautes Lachen bricht sich plötzlich Bahn. »Du hast völlig Recht! Und ich hypnotisiere die Männer, die mir gefallen, und wenn sie dann willenlos sind, falle ich über sie her.« Sie streckt die Arme aus und tut so, als würde sie Mike um ihre dunkelrot lackierten Fingernägel wickeln. Dieser wähnte schon alles verloren, und ist erleichtert, dass sie sich nur einen Spaß mit ihm erlaubt hat. Wobei er in der tiefsten Ecke seiner Magengrube zu verspüren glaubt, dass sie tatsächlich die Wahrheit sagt.

Nachts gehören sie nur einander und finden wenig Schlaf. »Israelische Männer«, flüstert Manon, »sind nur auf ihren eigenen Vorteil bedacht. Bei dir ist das ganz anders.«

Mike verdreht die Augen und genießt es, ihre Wünsche zu erfüllen. Und das sind nicht wenige. *And there's some rumors going round/someone's underground/she can rock you in the nighttime/'til your skin turns red.*

Dann verlässt sie ihn und fährt nach Tel Aviv, nicht ohne sich auf seinem Körper verewigt zu haben. Die Zeit des Wartens beginnt.

Als zwei Wochen später das Telefon mitten in der Nacht klingelt, ahnt er sofort, wer dran ist.

»Chéri, ich muss dich unbedingt sehen.«

Ihre dunkle Stimme träufelt ihm Worte der Sehnsucht ins Herz, dass es ihn schmerzt. Er weiß, dass es sinnlos ist, sich dagegen zu stemmen. Es gibt Dinge, die stärker sind als der einzelne Mensch.

## September 11

Die Bass Drum liefert den Pulsschlag des Lebens. Langsam, entspannt, Off-Beat. Sepp und Quirin sitzen unter dem Strohdach der Bar und trinken ihren dritten Banana-Daiquiri. Das Meer ist ruhig, eine leichte Brise weht am Strand, in der Dünung ein paar Fischerboote. Der Barkeeper spielt die Wailers. Es lässt sich gerade noch so aushalten. Seit zwei Wochen treiben sie sich in der Gegend von Negril herum; bei Mrs. Ruby im nahe gelegenen Dorf haben sie für vier Dollar die Nacht ein Quartier gefunden. Mrs. Ruby ist zwei Meter groß und trägt immer einen Hut, der sie noch ein Stück größer erscheinen lässt. Den beiden ist von Anfang an klar, dass sie ihr Zimmer stets ordentlich aufzuräumen haben. Mrs. Ruby sollte man besser nicht ärgern. Aber sie hat auch ihre guten Seiten. Als Quirin an einem Sonntag mit vierzig Grad Fieber im Bett liegt, bringt sie ihm frische Kokosmilch. Ob dieses Hausmittel oder das große Glas mit sechzigprozentigem Rum geholfen hat, in dem Mr. McGee, der Kneipenbesitzer, eine Limone und eine Aspirin aufgelöst hat, bleibt für immer ein Geheimnis.

Es sind ihre letzten Stunden auf der Insel. Es ist ein Glück, dass sie nach dem Treffen mit Pete noch ein paar Tage Urlaub anhängen dürfen. Der Altkommunarde, der ihnen die Reise bezahlt hat, damit sein alter Kreuzberger Freund Pepe, wie er sagte, wenigstens über ihre Zeitung wieder einen Zugang zur deutschen Öffentlichkeit findet und nicht in seinem karibischen Exil versauert, hat nicht mal mit der Wimper gezuckt. Er steckt ohnehin regelmäßig Geld in den *Wadlbeißer*, da kommt es auf die paar Mark offenbar auch nicht mehr an. Dafür mussten sie ihm versprechen, ein ausführliches Gespräch mit Pepe zu führen und anständige Fotos mitzubringen. Warum er sich so großzügig zeigt, wissen sie nicht. Aber er deutete an, dass er Pepe noch etwas schuldig sei. Etwas, das mit Geld nicht aufzuwiegen sei. Sie fragten nicht nach. Wenn jemand sein Gewissen beruhigen will wegen ein paar alter Geschichten, kann es ihnen nur recht sein. Quirin, der die Kasse für ihr kleines anarchistisches Organ verwaltet, griff dankbar nach den Zuwendungen, weil er weiß, auf welch schmalem Grat sie sich von Ausgabe zu Ausgabe hangeln.

Heute Morgen sind sie wie jeden Tag an den Strand gegangen, schnappten sich zwei Liegen und legten sich zu den Gästen der wenigen Hotels, die es hier gibt, dazu. Bei Weißen fällt das nicht weiter auf. Die amerikanischen Mädchen sind auch wieder da. Susan und ihre Freundinnen kommen aus New Jersey und verbringen einen Teil ihrer Semesterferien hier an der Westküste Jamaikas.

Die Jungs ernten heute einen Lacherfolg. Als sie sich im Zimmer nach dem Duschen gegenseitig den Rücken eincremten, um einem Sonnenbrand vorzubeugen. Als Quirin hinter Sepp stand und sagte: »Bück dich doch mal«, und dieser daraufhin artig den Rücken beugte. Warum die Mädchen gerade jetzt durchs Fenster ins Zimmer sahen, weiß keiner. »Bend over, baby«, kicherten die Girlies und machten anzügliche Bewegungen.

Quirin fasst das als unverhohlene Einladung auf. Aber Sepp winkt ab.

»Du kannst von Glück sagen, dass uns keine Einheimischen gesehen haben. Erinnere dich an das, was Pepe gesagt hat: Das ist hier eine Hetero-Kultur, Schwule mag man nicht.«

»Eben darum. Wollen wir uns nicht besser gleich der imperialistischen Macht widmen? Bevor hier alles nur wieder in langweiliger

Theorie endet?« Quirin steht auf, nimmt die Sonnencreme und öffnet das erste Bikinioberteil.

Reggae, Ganja und Rastafari – so hatten sie sich jamaikanisches Leben vorgestellt. Der Barkeeper lässt sie in Ruhe, weil er weiß, dass sie kein Interesse an seinem Gras haben. Aber wo man sie nicht kennt, werden sie permanent von jungen Männern angequatscht, die ihnen ein paar Tüten verkaufen wollen. Es ist billig, fast umsonst, nur ein paar Dollar, aber die beiden bleiben ruhig. Das versteht niemand. Warum kommt man dann hier her? Sonne und Strand gibt es doch überall.

Die Musik groovt, der Tag rinnt träge vor sich hin, die Daiquiris tun ihre Wirkung. Als sie gestern die Straße nach Montego Bay hinauf fuhren, hielten sie unterwegs an einer Kneipe, um etwas zu trinken und ein bisschen Billard zu spielen. Sie gingen zum Tisch und stellten die Kugeln auf. Die Bedienung brachte ihnen die Drinks in den Raum, lüpfte ihr dünnes Hemdchen und zeigte ihre Schönheit. Da ist es nicht immer einfach zu widerstehen. Aber die Frauen sind nicht allzu aufdringlich, auch wenn sie auf ein paar Dollars scharf sind. Auf dem Rückweg nahmen sie an einer Bushaltestelle eine junge Frau mit, die offenbar den letzten Bus verpasst hatte und jetzt trampen musste. Als sie angekommen waren, bedankte sie sich und fragte, ob man sich nicht morgen Abend sehen könnte? Sie würde auch eine Freundin mitbringen. Sie war wirklich sehr süß, aber die Jungs blieben stark. Stattdessen ließen sie sich von ihr erklären, wie man zu Rick's Cafe kommen würde. Sie zeigte ihnen den Weg und verabschiedete sich freundlich. Alles kein Problem. Sie gingen zu Fuß an die Steilküste und schauten bei einem kühlen Bier den Klippenspringern zu, die sich aus großer Höhe in die Tiefe stürzten. Das rot schimmernde Licht verwandelte die Felsen in ein bizarres Gemälde, von dem sie nicht wussten, ob es das verführerische Paradies oder die lodernde Hölle ankündigen würde.

Pete hatte sie am Flughafen in Kingston abgeholt, bei einem ersten Drink waren sie sofort miteinander ins Gespräch gekommen. Der schmächtige Mann mit den kurzen Haaren und dem grauen Bart sprühte vor Energie und war offenkundig froh, dass sich jemand für ihn interessierte. »Sagt Pete zu mir, so nennen mich hier alle. Manche sogar Master Pete, aber das ist mir zu ehrfürchtig. Sie wollten mich schon zum Friedensrichter machen, aber dazu bin ich sicher nicht geeignet.«

»Also, Pete, wie bist du überhaupt in Jamaika gelandet?«

»Eigentlich auf Umwegen. Ich hatte die Schnauze voll von Deutschland, von dieser ganzen Pseudo-Linken, die mir nicht radikal und selbstbewusst genug war. 68 war endgültig vorbei, das war mir schon 1981 klar, als ich an der Schaubühne bei Peter Stein ein Volontariat machen durfte. Überall nur noch Champagner-Sozialisten und Freizeit-Revolutionäre. Nix für mich. Endlich kam ich aus Tegel raus, mein Elser-Drama lief schon in Bochum, im Schauspielhaus, ich wollte endlich wieder mitmischen. Dann bin ich erstmal über Trinidad nach Grenada, wo mich die dortige Kulturministerin mit der Gründung eines Nationaltheaters beauftragt hat. Die Revolution unter Premierminister Maurice Bishop hatte mich elektrisiert. Aber als er von einem Konkurrenten exekutiert und die Lage im Land instabil wurde und die Amis einmarschiert sind, stand ich schnell auf einer schwarzen Liste und musste das Land verlassen. Ich bin dann über die Seychellen, wo ich mich sieben Monate langweilte, erstmal nach Nicaragua.«

»Da gab es den Dichter Ernesto Cardenal, der sich für deine Freilassung eingesetzt hatte, und der Kultusminister seines Landes wurde?«

»Genau.« Pete lachte. »Er hatte dem damaligen Ministerpräsidenten von Nordrhein-Westfalen, Johannes Rau, der mein Gnadengesuch abgelehnt hatte, einen schönen Brief geschrieben: Lieber Bruder Johannes, Du bist ein großer Mann geworden, aber Deine Schuhe sind nicht mitgewachsen!« Ernesto hat mir dann die Aufgabe übertragen, Schauspieler und Regisseure im Volkskulturhaus in

Bluefields an der Ostküste auszubilden. Dort habe es eine jamaikanische Enklave mit über dreißigtausend Menschen. Sie waren vor Jahrzehnten angeworben worden, um den Tropenwald zu roden. Sehr explosiv das Ganze, unter dem Eindruck des Bürgerkriegs, viele trugen im Alltag ihre Kalaschnikows über der Schulter, ich fühlte mich trotzdem wohl. Das Essen war großartig, ständig wurde gesungen und getanzt, sehr lebensfroh und sinnlich. Das gefiel mir. Ich bin kein Linksradikaler, wenn ich nicht auch genießen kann. Wer nicht genießt, nicht vögelt, nicht trinkt, ist für mich kein wahrer Linksradikaler. Dann wollte ich natürlich die Wurzeln dieser Kultur kennenlernen. Und bin auf den Rat einer deutschen Ärztin hin nach Jamaika, und zwar nach Portland, wo es kaum Touristen gibt und überhaupt sehr entspannt zugeht. Nach ein paar Wochen in Port Antonio bin ich auf der Suche nach einem Haus an der Küste nach Long Bay gekommen. Und dort hängen geblieben.«

Sepp schüttelte den Kopf. »Das klingt so einfach. Wenn man überlegt, wo du herkommst und was du früher gemacht hast …«

»Was meinst du damit?«

»Na ja, du hast in der Urbanstraße deine eigene Druckerei betrieben, mit einer alten Rotaprint, und damit deine Texte, die Flugblätter für die APO-Gruppen und die Künstlerplakate gedruckt. Und natürlich die *Agit 883*.«

Pete hob den Zeigefinger. »Das war dann aber schon später. Mit der *883*, die ja sehr großformatig war, musste ich nach Britz, also nach Neukölln, umziehen und eine andere Druckerpresse anschaffen. Das konnte ich in Kreuzberg so nicht bewerkstelligen.«

»Okay, das hatte ich übersehen. Aber egal. Du warst bei den Motherfuckers aktiv und hast amerikanischen Deserteuren mit Pässen geholfen, wilde Aktionen gestartet und …«

Pete lachte und unterbrach ihn. »Du willst sagen, ich stand immer mit mindestens einem Bein im Knast. Das ist korrekt, Mann!«

»Aber war das dann nicht eine riesige Umstellung? Aus den alten Aktivistenkreisen plötzlich – ich sag mal – in die Hängematte in der Karibik?«

Pete winkt ab. »Das siehst du zu dramatisch. Ich bin ja immer noch der Gleiche. Ob ich nun auf meiner Veranda mit Blick aufs Meer sitze oder in meiner Kreuzberger Klitsche. Keiner kann aus seiner Haut und der alte Pete schon dreimal nicht. Keine Sorge, ich mische mich schon noch ein. Gerade in kommunale Angelegenheiten. Wenn es um die Interessen der Bürger geht. Um die Infrastruktur. Wir haben zum Beispiel immer noch keine richtige Müllabfuhr, kein Telefon, kein fließendes Wasser. Das kann man sich in Deutschland gar nicht vorstellen. Aber wir haben eine Initiative gegründet, in der ich mitarbeite. Mir sind diese Versammlungen zwar zu umständlich und formalistisch, aber bei den Aktionen bin ich immer vorne mit dabei.«

»Ist das der alte APO-Geist?«

»Keine Ahnung. Aber der Druck muss halt auch hier von der Straße kommen. Sonst passiert nichts. Die Regierung in Kingston ist weit weg. Deshalb halten die Leute, die hier wohnen, eng zusammen. Die denken ziemlich antiautoritär und widerständig. Das hängt sicherlich mit ihrem Trauma der Sklaverei zusammen. Die Menschen auf Jamaika lassen sich nicht unterkriegen. Ich bin froh, dass ich in diesem Land gestrandet bin. Und ich will, dass sie sagen: Pete ist in Ordnung, der gehört zu uns.«

Am nächsten Morgen fuhren sie über die Blue Mountains und dann die Nordküste entlang, über Port Antonio, wo sie Pete in die schwimmende Kneipe Huntress Marina schleppte, um dort seine Faxe abzuholen.

»Wir sind gleich da«, sagte er gut gelaunt. »Noch ein paar Kilometer, und wir kommen an den schönsten Strand von Jamaika! Ich habe mir dort ein Grundstück gekauft, keine einhundert Meter vom Meer entfernt. War ziemlich herunter gekommen. Meine Frau und ich haben das Haus renoviert und daneben noch ein kleines Gästehaus eingerichtet, das wir vermieten. Rose Hill Cottage. Klingt großartig, oder? Es kommen nur wenige Touristen hierher. In Long Bay gibt es kein Hotel, es gab mal eins, das ist aber pleite gegangen, weil das Meer hier zu rau ist.«

Kurz darauf erreichten sie den Hügel, auf dessen Flanke die beiden weißen Holzhäuser stehen. Über einen steilen Fußweg gelangten sie zum oberen Haus. Auf der Terrasse, die einen weiten Blick über das Meer zulässt, stand ein großer Tisch. Mit einer alten Schreibmaschine vom Typ Olympia.

»Das ist mein Schreibtisch. Jeden Tag von neun bis zwei. Da bin ich diszipliniert. Halt doch ein Deutscher!« Pete lachte und winkte. »Kommt mal, ich zeige euch was.« In einem Nebenzimmer hatte er eine Reihe von Schreibmaschinen gehortet, alle vom Salz zerfressen. »Das ist mein ärgster Feind. Gegen ihn habe ich kaum eine Chance. Der Wind trägt das Salz in jede Ritze dieses Haus, das frisst alles auf. Selbst die Nägel zieht es aus der Wand. Irgendwann wird uns das Dach über dem Kopf zusammenfallen. Auch die alten Maschinen verrotten. Ich muss also immerzu schreiben und ölen, sonst holt sich das Salz auch diese letzte. Ein Wahnsinn!«

Sie setzten sich auf die Terrasse. Pete brachte Gläser und eine Flasche Rum. »Das ist ein Appleton, der beste Rum, den es hier gibt. Kommt aus dem Nassau-Tal. Das Wasser des Black River macht ihn weich und bekömmlich. Cheers!«

»Meine Frau und meine Tochter sind nicht da. Also werde ich kochen. Ihr werdet staunen! Aber ihr könnt mir helfen. Und dabei können wir uns unterhalten.« Pete wetzte in die Küche und klapperte mit Töpfen und anderen Gerätschaften.

»Pete, das klingt ja fast, als würdest du Musik machen und nicht kochen.«

Pete grinste. »In Jamaika ist alles Musik. Es war auch schon immer meine Musik. In meinen Gedichtbänden, die ich im Knast geschrieben habe, habe ich als Motto der Kapitel Reggae-Texte genommen. Damals gab es auch eine WDR-Sendung, in der sie regelmäßig Reggae gebracht haben. Da war ich schon infiziert. Und ein Schulkamerad aus dem Ratinger Gymnasium arbeitete beim *Musikexpress*. Er hat mir die Hefte immer umsonst zugeschickt. Reggae ist eine Musik, die in den Bauch geht und gleichzeitig den Kopf beschäftigt. Der Rhythmus passt zu meinem Lebensverständnis, etwas träge, easy going, fröhlich, sexuell. Entspannt leben und glücklich sein. Mit einer politischen oder einer spirituellen Message. Hier tanzen alle. Jeden Samstag fahre ich nach Port Antonio und lege bei Partys auf. Guten, alten Reggae. Alle haben Freude daran. Ich habe auch Dub-Lyrik gemacht und bin damit aufgetreten. Natürlich habe ich sie provoziert und hatte meinen Spaß daran. Aber irgendwann haben sie mich akzeptiert. Vielleicht weil ich im Knast war. Weil ich hart arbeiten kann. Weil ich hier eine Familie gegründet habe, um die ich mich kümmere. Und weil ich mich mittlerweile mit der hiesigen Kultur gut auskenne. Schaut euch nur meine Bibliothek an.« Er zeigte auf das große Bücherregal im Wohnraum. »Alles Autoren aus der Karibik. Tolle Leute. In Europa kennt man nur Derek Walcott, seitdem er den Nobelpreis gewonnen hat. Dabei gibt es noch so viel zu entdecken. Die kulturelle Szene ist enorm vielfältig, auch widersprüchlich, speist sich aus unzähligen Quellen aus der ganzen Welt. Die Stars sind auch nicht so abgehoben, die kommen oft aus der Nachbarschaft und bleiben da auch. Und werden gerade deshalb verehrt. Denkt nur an Bob Marley ...«.

»Wir wollten vor unserem Abflug eigentlich Kingston erkunden. Waren uns aber unschlüssig, ob das für uns nicht zu gefährlich ist. Können wir da überhaupt hin als Weiße?«

»Sicher, mir selbst ist noch nie etwas passiert, ich komme in die letzten Ghettos von Kingston rein, da ich keine Angst habe. Es ist eine unglaublich lebendige Stadt! Aber zu bestimmten Stellen gehen auch keine Jamaikaner in Kingston, da spaziere ich als Whitie natürlich auch nicht hin, soviel Verstand sollte man schon haben. Ich meide auch bestimmte Viertel in Trenchtown, es sei denn, ich kenne die Leute dort oder habe einen lokalen Verbindungsmann. Wenn ich dorthin gehe, wo die Yardies mit ihren M 16 rumlungern, dann weiß ich, dass die mir nichts tun. Und wenn ich ein Touristenpärchen hinbringe, dann werden die sogar von denen beschützt. Die haben kein Interesse daran, sie auszurauben. Auf ihre Art sorgen sie für Ordnung. In den Ghettos herrscht teilweise eine grauenhafte Ordnung, aber es geschieht einem nichts, wenn man gute Verbindungen hat. Und in den Hauptstraßen kann man unbelästigt herumlaufen. Ich parke meinen Wagen in Kingston grundsätzlich mit offenen Fenstern und Türen. Das ist allerdings ein siebenundzwanzig Jahre alter VW, den klaut keiner.«

Dann hieß es Abschied nehmen. Pete brachte sie noch zum Bus. Er umarmte sie, dann drehte er sich um und ging weg.

Sie haben Hunger und bestellen sich zwei Teller Jerk-Chicken, scharf mariniertes Hühnchen in Kokosmilch, mit Früchten und Salat und gleich zwei kühle Red Stripe für Quirin und zwei Dragon Stout für Sepp, denn hier kocht Teresa und die mag es richtig hot. Inzwischen hat eine Band ihre Anlage aufgebaut, stimmt die Instrumente und fängt an, alte Titel von Toots & The Maytals, Jimmy Cliff, Burning Spear, Third World und Bob Marley zu spielen. Die Musiker mit ihren bunten Shirts und den Dreadlocks geben ihr Bestes und bringen die Leute in der Bar zum Tanzen. Bunte Lampions, die warme Abendsonne, die Drinks – Quirin und Sepp tippen doch auf das Paradies und nicht auf die Hölle. Plötzlich fährt mit lautem Geknatter ein Moped auf den Platz, ein Mann springt ab und läuft zum Sänger der Band. Er beugt sich zu ihm vor und spricht erregt auf ihn ein. Dieser schüttelt den Kopf, als könne er nicht glauben, was er eben gehört hat, zögert. Die Musik ist unterbrochen, seine Kollegen schauen ihn fragend an. Schließlich greift er das Mikrofon: »I have to make a very sad announcement. They just killed Peter Tosh tonight in Kingston Town.« Sie schauen sich an, dann spielen sie einen Tosh-Titel nach dem anderen, beginnend mit dem Song *Johnny B. Goode*, in dem Tosh seine Kindheit in den Blue Mountains von Jamaika besingt. Es ist der 11. September 1987.

# Schlechte Gesellschaft

»Hänschen, was machste heute Nachmittag?«

Racko kickt einen Kieselstein mit solcher Wucht gegen die ziegelrote Hauswand, dass ein kleines Stück Mauerwerk herausbricht und zerbröselt. Wenigstens hat er dieses Mal die Fenster verschont; vor ein paar Wochen gab es Riesenärger und eine Rechnung vom Glasermeister Brieseke. Ihr Schulweg führt durch die engen Straßen der Arbeitersiedlung Eisenheim, in der ihre Familien schon seit Generationen wohnen. Die meist einstöckigen Häuser mit den türkisfarbenen Türen und Fensterläden waren bis vor kurzem vom Abriss bedroht und sind nun mit Unterstützung einer Studentengruppe von den Anwohnern gerettet worden. Die Stadtverwaltung will sie jetzt sogar unter Denkmalschutz stellen, das hat ihnen zumindest ihr Lehrer, Herr Rothmann, erzählt.

»Keine Ahnung. Wieso?«

»Nur so.« Sie schlurfen über den Asphalt, kicken den Stein hin und her, bis er unter einer Hecke verschwindet. Als sie unter einer Wäscheleine abtauchen, die zwischen den Häusern über den Weg gespannt ist, versichern sie sich blitzschnell, dass niemand in der Nähe ist. Dann wirbeln sie die Wäsche so lange um die Leine, bis alle Hosen und Hemden wie straff gespannte Takelage eng um die Schnur gewickelt sind. Plötzlich taucht Opa Lehmann mit seinem schwarzen Köter auf und fängt an, sie zu beschimpfen. Nichts wie weg, feixend sprinten sie um die Ecke und noch ein paar Meter, bis keine Gefahr mehr droht.

»Und du? Wollen wir schwimmen gehen?« Hänschen hasst nichts mehr als diese endlosen Nachmittage, an denen er zu Hause bleiben muss, weil ihn sein Vater mit Hausaufgaben und Gartenarbeiten traktiert.

Seit die Zeche Concordia still gelegt wurde, ist Hänschens Vater arbeitslos. Er hängt viel zu Hause rum, trinkt sich den Tag schön und hört Radio. Hänschen kriegt große Ohren, weil ihn die Musik fasziniert, die er da erstmals zu hören bekommt. Er versteht kein Wort, aber das stört ihn nicht. Er mag diesen frechen Kindersound, den Beat mit den eingängigen Melodien und Refrains, die er mitsummt und die seine Füße und schließlich den ganzen Körper in Bewegung versetzen. Sein Vater schüttelt nur belustigt den Kopf, wenn sein Filius immer ekstatischer mit allen Gliedmaßen zu zucken beginnt und wie ein Derwisch auf dem rutschigen PVC-Boden herumwirbelt.

»Nö, keine Zeit. Wir müssen üben.«

»Üben? Wieso üben? Und wer ist wir?«

»Wir haben doch jetzt eine Band. Weißt du das nicht? Iltis spielt Bass, Pogo Schlagzeug und ich Gitarre. Wir üben im alten Lokschuppen, hinterm Silo. Fast jeden Tag.« Racko macht einen Ausfallschritt und wirft sich mit einem Luftsolo in Pose.

»Eine Band? Das ist ja affenscharf. Wollt ihr denn auch auftreten?«

»Ja, klar, aber wir sind noch nicht so weit. Wir haben erst so fünf, sechs Titel drauf.«

»Was für Titel? Sag doch mal. Ich kenn die bestimmt.«

Racko legt den Kopf in den Nacken, als müsse er scharf nachdenken. »Also, lass mal überlegen. *Help me, Rhonda …*«

»Beach Boys!« Hänschen tänzelt hibbelig um Racko herum. Der schaut belustigt seinen Kumpel an, der vor Neugierde schier zu platzen droht.

»Sag schon! Was noch?«

»Dann noch die Tremeloes und Dave Dee, Dozy, Beaky, Mick & Tich, die sind ulkig ...«

»Bestimmt *Bend it.* Ich finde die aber eher langweilig.« Hänschens Interesse scheint jäh erloschen. »Spielt ihr nichts Fetzigeres? Das ist ja alles so Mädchenmusik.«

»Doch, doch.« Racko ist überrascht, dass sich Hänschen so gut auskennt. »Wir haben zwei Nummern von den Beatles und den Small Faces und *Come on* von der Chocolate Watchband. Das ist irre schnell. Haut voll rein.«

Hänschen nickt. »Die sind okay. Kennste die Sonics und die Seeds?«

»Nö.« Racko kickt etwas verlegen eine Blechdose, die am Straßenrand liegt. Sein Unwissen ist ihm sichtlich peinlich.

»Das kommt aus Amerika. Kalifornien. Ist mehr so psychomäßig und brutal hart. Garagenbeat eben.«

»Aha.« Racko gerät ins Grübeln. Bislang musste er sich um alles selbst kümmern. Die Auswahl der Songs, die neuen Arrangements, die Proben, den ganzen Technikkram, eben alles. Es wird ihm schon lange zu viel. Außerdem fehlt ihnen eigentlich noch ein richtiger Leadsänger. Meistens hat er gesungen, aber er mag das nicht so. Er würde sich lieber auf seine Gitarre konzentrieren. Nachdenklich mustert er seinen Freund. Hänschen sieht mit seinen dreizehn Jahren schon ganz gut aus, trägt lange Locken und wird in letzter Zeit auch immer größer.

»Haste nicht Lust, heute mal vorbei zu schauen?«

»Wo?«

»Na, bei der Probe natürlich! Wir treffen uns um drei im Schuppen. Dem mit dem schwarzen Tor, direkt hinter der Kreuzung. Kennste, oder?«

Hänschen nickt.

»Gut. Dann bis später.«

»Bis später.«

Hänschen ist so aufgeregt, dass er prompt zu spät kommt. Außerdem findet er den Eingang in die Halle nicht gleich. Das große, schwere Eisentor lässt sich nicht bewegen. Aber neben dem Tor, von einem wild wuchernden Essigbaum verdeckt, gibt es noch eine kleine Tür, die sich öffnen lässt. Die Halle ist riesig und dunkel, nur ein paar Oberlichter lassen die Sonne herein. Hänschen kann kaum etwas erkennen. Aber er hört die Band, den wummernden Bass und das polternde Schlagzeug. Jetzt setzt Rackos Gitarre ein. Er durchquert im Halbdunkel den Raum, dessen Umrisse er nur vage erahnen kann. Die Halle ist so hoch wie ein Kirchenschiff, überall Stahlträger, die quer in der Luft zu liegen scheinen, alles rostig und verstaubt. Tauben flattern nervös von einem Balken zum anderen. Am Boden überall Federn und Vogelschiss. Hänschen grinst. Schön ist es hier nicht, eher wie einer gigantischen Gruft, aber immer noch besser als in Papas Schrebergarten. Irgendwo fällt scheppernd eine Tür ins Schloss.

»Hey, Hänschen, da bist du ja. Ich dachte schon, du hast es dir anders überlegt.«

»Nee, natürlich nicht.« Dass er die Halle nicht gleich gefunden hat, sagt er lieber nicht. »Cooler Schuppen hier.«

»Es gibt bessere. Aber wir sind froh, dass wir hier sein können. Hierher verirrt sich keiner. Wir haben unsere Ruhe.«

Hänschen nickt. Mittlerweile sind auch die beiden anderen Jungs von der Bühne herabgestiegen.

»Das sind Pogo und Iltis. Und das ist Hänschen. Ihr kennt euch ja, oder?«

Die beiden nicken. »Von der Schule.«

»Ich habe euch schon gehört, als ich reinkam. Klingt echt toll!«

»Racko hat erzählt«, sagt Pogo, »dass du dich für Musik interessierst. Kannste auch spielen?«

Hänschen schüttelt den Kopf. »Nicht wirklich. Bisschen Mundharmonika. Aber ich singe im Schulchor mit.«

Racko schubst ihn an. »Wir üben gerade ein neues Stück ein. Von den Troggs. *Wild Thing.*« Er grinst. »Kennste den Text?«

»Klar kenn ich den Text.«

»Na, dann.« Pogo schiebt ihn zu der kleinen Treppe, die auf die Bühne führt. »Dann zeig uns mal, was du drauf hast.«

Nach kurzer Warmlaufzeit kommt Hänschen auf Touren. Nicht nur seine Stimme überzeugt die anderen, auch die Art und Weise, wie er sich bewegt und welche Ausstrahlung über die Rampe kommt. Die Roadrunners haben nun einen neuen Leadsänger. Und der ist ehrgeizig. Hänschen lernt Gitarre und treibt seine Eltern in den Wahnsinn.

Im Zuge der Partnerschaft zwischen Oberhausen und der englischen Industriestadt Middlesbrough kommen Hänschen und seine Kumpels zum Jugendaustausch an die britische Ostküste und gehen eines Abends zu einem Konzert einer Gruppe namens Free, die im Crown spielt. Die Bühne ist ziemlich schlicht, nur rote und gelbe Strahler tauchen die Band in sphärisches Licht. Die ist gerade dabei, eine Platte aufzunehmen, und will die neuen Titel vor kleinem Publikum testen, grandioser Bluesrock, wie Racko findet. Und sie haben einen Sänger, der Hänschen aus den Socken haut. Der Mann mit der braunen Lockenmähne bewegt sich so elegant wie ein orientalischer Prinz und verfügt über eine Stimme, die hart rocken, aber auch sanfte Balladen singen kann. Dazu haben sie noch einen Bassisten, der seiner Gibson richtige Melodien entlockt, so dass sich Iltis vor Begeisterung kaum mehr einkriegt. Der Gitarrist sieht zwar so aus, als wäre er bis oben hin voll mit Drogen und könnte jeden Augenblick kollabieren und von der Bühne stürzen, aber irgendwie schlägt er sich wacker und haut ein irres Riff nach dem anderen raus. Die Band ist sensationell, und weil das Publikum so mitgeht, spielen sie nicht nur ihre neuen Songs, sondern zum Abschluss auch noch ihre Hits. Die Roadrunners springen und tanzen vor der Bühne, und wenn da nicht ein paar kompakte Jungs mit finsteren Mienen stehen würden, würden sie wohl vor lauter Begeisterung die Bühne erklimmen.

An diesem Abend verändert sich Hänschens Leben. Dieser Paul Rodgers hat ihn schwer beeindruckt. So zu singen wie er, das wäre Hänschens Traum. Er wird viel üben müssen, um das auch nur annähernd zu erreichen. Aber das wird nicht genügen, auch alles andere wird sich ändern müssen. Hänschen nennt sich nunmehr Johnny, trägt Tag und Nacht eine schwarze Lederjacke und träumt den Traum vom Rock'n'Roll Star: *Johnny was a schoolboy when he heard his first Beatle song,/'Love me do,' I think it was. From there it didn't take him long./Got himself a guitar, used to play every night,/Now he's in a rock 'n' roll outfit,/And everything's all right, don't you know?*

Der alte, ungeheizte Lokschuppen dient ihnen immer noch als Proberaum. Sie üben, bis ihnen die Finger bluten. Und sie werden immer besser. Johnny kauft jede Platte von Free und liest alles über Paul Rodgers. Zuerst verändern sie ihren Sound von den flotten Beach- und Surf-Liedern hin zu den Songs von Free, Cream, Taste, John Mayall und Led Zeppelin. Dann suchen sich die Jungs neben der Schule Jobs zum Geldverdienen. Autowaschen, Eisverkaufen, Zeitung austragen, so ein Zeug. Alles, was sie auf diese Weise einnehmen, wirklich jeden Pfennig, investieren sie in ganze Bausätze von Lautsprechern, Nebelwerfern und Lichtanlagen. Professionelles Equipment. Sauteuer, aber unerlässlich für die ganz große Show, die sie anpeilen.

Es wird allmählich Zeit für das erste Konzert. Ungefähr zwanzig Titel haben sie drauf, vor allem von Free wie *The Hunter*, *Wishing Well* und das hammerartige *All right now*. Aber auch weichere Nummern für die Mädchen. Denn dass die auf ihre Musik stehen, ist ihnen klar geworden, als es in der Schule durchgesickert ist, dass sie eine Band haben und hier proben. Immer wieder schleichen sich ein paar Neugierige in diesen Winkel des Gewerbegebiets, um zu lauschen und zu spionieren. Es sind zu ihrem Erstaunen vor allem Mädchen, die sich alles Erdenkliche einfallen lassen, nur um ein paar

Blicke auf die Band zu erhaschen. Sie können kaum noch unbemerkt zum Proben gehen, und auch zu Hause, überall lauern sie ihnen auf. Zuletzt ist Iltis richtig erschrocken, als er nur den Müll rausbringen wollte und plötzlich hinter der Tonne zwei Mädchen auftauchten. Merkwürdige Geschöpfe! Irgendwie fühlen sich die Jungs zwar geschmeichelt, dass man ihnen so viel Interesse entgegenbringt, aber dieser Rummel nervt sie auch tierisch, zumal sie ja – außer engsten Freunden – noch keiner wirklich gehört hat.

Dann steht das Sommerfest der Schule an, und nun dürfen sie endlich auf die Bühne, die im Pausenhof aufgebaut wurde. In der Stadt hängen überall Plakate, es kommen nicht nur Schüler und Lehrer. Hoffentlich hält das Wetter, Regen ist angekündigt. Ein paar Planen liegen für den Notfall bereit. Noch sieht es ganz gut aus. Als Johnny die ersten Töne von *Fire & Water* singen will und gleichzeitig die Nebelmaschine anwirft, knallen die Sicherungen durch. So muss Tom, der das Konzert mitorganisiert hat, während des gesamten Gigs den Sicherungshebel hochklemmen. Aber es läuft richtig gut, auch wenn das Publikum ein paar Nummern braucht, um in Stimmung zu kommen. Sie spielen fast eine Stunde, geben zwei Zugaben, dann soll der Hauptact des Abends kommen, die Powerful Tramps, eine deutsch-amerikanische Soulband mit dem Sänger Leo James, die gerade erst bei Ronnie Scott's in London aufgetreten ist.

Vor diesen Stars auf die Bühne zu müssen, macht die Jungs ganz schön nervös. Um ihr Lampenfieber zu bekämpfen, köpfen sie vorab einige Flaschen Bier und auch ein Joint macht die Runde. Johnny ist eigentlich der einzige Kiffer in der Truppe. Anfangs hat ihn der Stoff nur aggressiv gemacht; beim ersten Mal hat er noch die Fenster vom Aussichtsturm an der Ruderstrecke eingeworfen. Inzwischen gehört das Rauchen zum täglichen Genussprogramm, und kleinere Dealereien an der Schule haben bereits die Polizei auf ihn aufmerksam gemacht.

Während des Vietnamkrieges werden Unmengen harter Drogen aus dem Goldenen Dreieck über Deutschland in die USA verschoben, und die offiziellen Rauschgiftstatistiken weisen selbst in so harmlosen Städten wie Oberhausen enorme Ausstöße auf. Als Johnny eines Tages von einer Zivilstreife hopsgenommen wird und die Polizisten unter dem Beifahrersitz seines Ford 20M TS zwei Gramm Scag finden, wird die Sache brenzlig. Nur weil er glaubhaft machen kann, dass sein Freund Charly, ein stadtbekannter Junkie und Dealer, die Ware dort deponiert hat und Johnnys Armbeugen, Fußsohlen und Gaumen keine Einstiche aufzuweisen haben, kommt er ungeschoren davon.

Johnny schreibt jetzt eigene Songs, die beim Publikum gut ankommen. Die Roadrunners avancieren innerhalb eines Jahres zum heißesten Act in Oberhausen. Die Mädels rennen ihnen die Bude ein.

»Hallo, ich bin Lilly.«

»Hi Lilly. Was kann ich für dich tun?« Johnny lächelt die hübsche Blondine an.

»Oh, allerhand.« Lilly legt ihm die Hand auf sein verschwitztes T-Shirt. »Du könntest mich zum Beispiel zu einem Drink einladen.«

»Und ich dachte, du wolltest vielleicht ein Autogramm von mir …« Johnny mimt den Enttäuschten.

»Vielleicht später. Ich muss erstmal sehen, ob es sich lohnt, dass du dich bei mir verewigen darfst.«

»Oh, ich wusste nicht, dass du gleich so weit gehen würdest …«

Lilly zwinkert mit ihren Kajalaugen und rückt näher. »Du hast keine Ahnung, mein Kleiner. Aber du kriegst vielleicht eine Chance. Ich werde dich beobachten.« Sie hebt den Kopf und wird lauter: »Und was ist nun mit meinem Drink? Ich dachte, du wolltest dich bemühen.«

Johnny ist es nicht gewohnt, dass ihn Frauen herumkommandieren. Meist muss er nur mit dem Finger schnipsen. Lilly könnte eine neue Herausforderung für ihn werden. »Kommt sofort, eine Sekunde. Okay?«

Nach einem Tag und einer Nacht ist er sich sicher. Lilly geht ab wie eine Rakete. Sie will eigentlich immer und da sie auch keinen Zweifel daran lässt, dass Johnny ihr Held ist, fühlt sich dieser dem Traum von Sex & Drugs & Rock'n'Roll ziemlich nahe.

Natürlich verfolgt er den weiteren Weg von Paul Rodgers, der Free inzwischen verlassen und mit seinem Drummer Simon Kirke Bad Company gegründet hat. Rodgers bleibt seinem Stil treu und ist vor allem live eine richtig große Nummer. Er spielt zudem immer wieder Adaptionen alter Stücke, so dass auch Johnny, seinem großen Vorbild nacheifernd, allmählich den Blues bekommt. Wie Paul weiß Johnny um die Tristesse sterbender Städte, um Arbeitslosigkeit und soziale Probleme, ist er doch im gleichen Milieu wie sein Idol aufgewachsen – Gelsenkirchener Barock oder die Resopalküchen der englischen Arbeiterklasse, einerlei.

Der Erfolg der Roadrunners im Ruhrgebiet bleibt nicht unbemerkt. Zu ihren Konzerten strömen mittlerweile die Menschen, fast jedes Wochenende steht die Band auf der Bühne, irgendwo zwischen Duisburg und Dortmund, zwischen Lippe und Ruhr. Nach einem Auftritt im Februar in der Essener Grugahalle beim German Pop Meeting spricht sie ein Typ von einer Hamburger Plattenfirma an, die so bekannte Bands wie Birth Control und Guru Guru unter Vertrag hat. Ihm gefällt, was die Jungs machen. Allerdings ist Bluesrock in Deutschland im Moment nicht angesagt, deshalb zögert er noch. Er will die Band zu Probeaufnahmen ins Studio einladen und sich dann entscheiden, ob er ihnen einen Plattenvertrag gibt. Die Jungs sind völlig aus dem Häuschen, das könnte ihre Chance sein, das ganz große Rad zu drehen. In zwei Wochen soll es losgehen, die Plattenfirma hat den Flug gebucht und übernimmt alle Kosten. Alle fiebern dem Tag entgegen.

Am Abend vor der Abreise treffen sie sich zu einem letzten Check, ob auch wirklich alles bei den Nummern stimmt, die sie vorspielen wollen. Es klappt vorzüglich, alle sind bester Dinge.

»Hey, bis morgen. Dass mir keiner verpennt!« Racko ist immer noch der unbestrittene Chef der Band.

»Das sagt ja der Richtige!« Iltis, Johnny und Pogo feixen um die Wette. »Dürfen wir dich mal an das Konzert in Krefeld erinnern, als du ...« Weiter kommen sie nicht.

»Dürft ihr nicht! Das waren erschwerte Bedingungen. Außerdem verjährt.« Racko grinst. »Also, wir sehen uns morgen. Vergesst eure Sachen nicht, schaut alles nochmal durch. Wenn der Termin ins Wasser fällt, nur weil einer was verschlampt hat, dann mache ich denjenigen höchstpersönlich einen Kopf kürzer. Tschüss!«

Racko verlässt den Probenraum und steigt auf seine Harley, die er sich letzten Sommer zugelegt hat. Es hat geregnet, die Straßen glitzern wie ein Strand voller Perlen. Er ist hundemüde, die letzten Wochen waren extrem anstrengend. Aber wenn sie morgen einen Plattenvertrag unterschreiben, ist alles vergessen. Dann hat sich die ganze Plackerei gelohnt. Racko gähnt und biegt an der Kreuzung in die schmale Anwohnerstraße. Plötzlich rennt ein Kind auf die Fahrbahn. Racko steigt voll in die Eisen, um die Maschine abzufangen. Aber er hat kurz vorher Gas gegeben und ist jetzt zu schnell. Das Kind schreit und bleibt wie erstarrt mitten auf der Straße stehen. Racko versucht auszuweichen, was ihm auch gelingt, aber er rutscht mit dem Hinterrad auf dem nassen Asphalt weg wie auf Schmierseife. Die Maschine schleudert zur Seite und kracht nach einigen Metern in ein parkendes Auto. Racko lässt, als er merkt, dass nichts mehr zu machen ist, das Motorrad los, doch er stürzt schwer und knallt mit dem Kopf unglücklich gegen die Bordsteinkante. Der Notarzt ist zwar schnell zur Stelle, aber er kann ihm nicht mehr helfen. Racko hat sich das Genick gebrochen und war auf der Stelle tot.

Die Nachricht verbreitet sich wie ein Lauffeuer und erreicht binnen kurzer Zeit auch die anderen Jungs. Die Band ist geschockt, der Termin im Studio platzt, ohne ihren Anführer Racko brechen die Roadrunners auseinander. Auch Johnny kriegt kein Bein mehr auf den Boden. Lilly verlässt ihn bald, nachdem ein Leben im Rampenlicht außer Reichweite gerückt ist. Johnny beginnt LSD-Trips zu verticken, gerät in Kneipenschlägereien und rutscht ab. Seinem Idol Paul Rodgers hält er noch lange die Treue, doch als der zu Queen wechselt und der englische Premierminister Tony Blair erklärt, dass Rodgers sein Lieblingssänger sei, trennt sich Johnny von ihm. Schlechte Gesellschaft! Johnny hat man lange nicht mehr gesehen, aber es hält sich hartnäckig das Gerücht, dass er auf einer spanischen Ferieninsel die Füße ins Meer hängt. Auf dass die Haie beißen.

## *Lenny*

Sein Freund stellt ihm eine Arbeitskollegin vor. Eine hübsche Schwäbin mit kurzem, blondem Haar. Sie unterhalten sich über ihre Reisen, sie kommt gerade aus Peru und hat schon die halbe Welt gesehen. Und über Kunst. Sie hat ein wunderbares Lachen und eine niedliche Zahnlücke. Nick hört ihr gerne zu, er teilt ihre Vorliebe für moderne Malerei und es gefällt ihm, mit welchem Enthusiasmus sie von Bildern spricht. Als es Zeit wird aufzubrechen, bietet sie ihm an, ihn nach Hause zu fahren. Sie müsse sowieso in seine Richtung. Als sie vor seiner Wohnung halten, kommt er gar nicht auf die Idee, sie zu fragen, ob sie noch mit hoch kommen wolle.

»Du kannst mich ja mal anrufen, wenn du Lust hast.« Nick lächelt ihr müde zu und steigt aus. Ihr erstaunter Blick entgeht ihm.

»Vielen Dank fürs Heimfahren.«

»Kein Problem.« Sie nickt. »Gute Nacht.« Und weg ist sie.

Zwei Tage später klingelt das Telefon.

»Hallo?«

»Hi, hier ist Lisa. Erinnerst du dich noch an mich?«

»Natürlich. Wieso fragst du?«

»Ich bin mir nicht sicher.« Sie macht eine kleine Pause. »Ich fand das ziemlich frech letzthin, als du sagtest, ich könne mich ja mal bei dir melden …«

»Aber wieso?«

Nick hört, wie sie leise kichert. »Normalerweise läuft das anders herum. Jedenfalls hat das noch kein Typ zu mir gesagt.«

Nun muss er schmunzeln. »Hat doch funktioniert, oder?«

»Werde bloß nicht unverschämt! Eingebildet bist du offenbar gar nicht …«

»Entschuldige bitte, das war nur ein Scherz. Nicht so gemeint. Können wir uns sehen?«

»Was schlägst du vor?«

Sie streifen durch ein paar Galerien, laufen durch den Englischen Garten zum Monopteros, trinken dort die Flasche Rotwein, die Nick mitgenommen hat, und stehlen die Sterne vom Himmel. Sie reden und reden und irgendwann halten sie sich an den Händen.

»Es ist schön mit dir.« Sie stupst ihm auf die Nase. »Aber jetzt ist mir kalt. Lass uns nach Hause gehen.«

Als herrsche ein stilles Einverständnis, schlagen sie den Weg zu ihrer Wohnung ein. Es ist kurz vor Mitternacht.

»Jetzt könnte ich mich bei dir revanchieren.«

»Wie meinst du das?«

»Das weißt du ganz genau.« Lisa zwickt ihn leicht in den Arm. Einen kurzen Moment stehen sie stumm voreinander. Dann stellt sie sich leicht auf die Zehenspitzen und küsst ihn sanft auf den Mund.

»Ich habe keine Ahnung, wovon du sprichst.« Nick erwidert ihren Kuss. »Trotzdem würde ich das Angebot gerne annehmen.«

»Welches Angebot?« Lisa schiebt ihn von sich weg und stemmt die Ellbogen in die Hüften. »Träumst du? Habe ich irgendetwas gesagt?«

Nick ist völlig verunsichert. Spielt sie nur die Entrüstete oder meint sie es tatsächlich ernst? »Verzeih, irgendwie mache ich immer das Falsche. Ich wollte dir nicht zu nahe treten.«

Lisa tritt auf ihn zu, schaut ihm in die Augen. »Aber das bist du doch schon.« Nick senkt verlegen den Blick.

»Nun stell dich nicht so an.« Sie küsst ihn nochmals, sperrt die Tür auf und zieht ihn in den dunklen Hausflur.

Als sie das Licht in ihrer Wohnung anmacht, fällt ihm als erstes das Poster im Flur auf. Ein dunkler Typ mit offener Lederjacke, unter der sich ein durchtrainierter Körper verbirgt. Er hat eine Gitarre lässig über die Schulter gehängt und trägt eine riesige Sonnenbrille.

»Wer ist das?«

»Kennst du nicht? Lenny Kravitz.«

»Cooler Typ. Hängt bestimmt bei vielen Frauen auf dem Klo.«

Sie lacht. »Eher im Schlafzimmer.«

»Oh, das könnte aber die Männer abschrecken. Da kann ja keiner mithalten.«

»Dann sei mal mutig.«

»Gut, dann werde ich ab jetzt meine Komplexe verdrängen.«

»Du hast Komplexe? Oh je, damit habe ich nicht gerechnet. Sollen wir erst einen Tee trinken und einen Stuhlkreis bilden, damit du mir von deinen Problemen erzählen kannst?«

Sie zeigt in die Richtung ihrer Küche, und Nick ist sich wieder einen Moment lang nicht sicher, ob sie ihm wirklich einen Stuhl anbieten wird. In diesem Spiel, so scheint es, kann er nur verlieren. Wenn er nicht als absoluter Trottel da stehen will, muss er jetzt etwas tun. Bloß nicht reden, das führt nur zu weiteren Missverständnissen.

Nicks Blick fällt unwillkürlich auf das Poster. Okay, Lenny, die junge Dame steht offenbar auf harte Typen, die handeln und nicht so viel quatschen. So ein Sixpack wie du habe ich leider nicht, nur ein paar kräftige Schultern und einen kleinen Bauchansatz. Manche Frauen mögen das. Du bist wenigstens ein Mann zum Anpacken, sagte mal eine Freundin, nicht so ein Hungerhaken, an dem nichts dran ist. Dann mal los ... Und nimmt Lisa, die sich das gerne gefallen lässt, forsch in den Arm.

»Du musst vorsichtig mit mir sein, hörst du?«

Nick zuckt zurück. »Was meinst du?«

»Ich hatte schon länger keinen Mann mehr im Bett. Also sei nett zu mir.«

Nick küsst sie zärtlich auf den Bauch und streicht mit seinen Fingern ihre Arme hoch bis zum Hals. Er massiert sanft ihren Nacken und dreht sie vorsichtig auf den Bauch.

»Entspann dich.«

»Das machst du sehr gut. Woher kannst du das?« Lisa räkelt sich genießerisch unter seinen Händen.

»Ich kann das nur bei Frauen, die ich sehr mag.«

»Du bist süß.« Sie seufzt leicht und greift mit ihrer Hand nach hinten. Der Rest der Nacht ist erfüllt von einem liebevollen Geplänkel, das, von kleinen Anzüglichkeiten und Neckereien begleitet, bis in den frühen Morgen in Bewegung bleibt. Irgendwann schlafen sie ein.

Nick wacht gegen Morgen auf und löst sich vorsichtig aus Lisas Umarmung. Er hat Durst und will sich etwas zu trinken holen. Als er das Schlafzimmer verlässt, huscht plötzlich aus einem anderen Zimmer ein kaum bekleideter Mann mit einem fröhlichen »Hallo« an ihm vorbei und verschwindet im Bad. Nick erschrickt leicht, schnappt sich eine Wasserflasche und schlüpft zu Lisa ins Bett zurück, die im Halbschlaf ihre Hände nach ihm ausstreckt.

»Du, da war eben ein Mann in deiner Wohnung.«

Sie lächelt. »Das habe ich gemerkt. Ich glaube, er ist immer noch da.«

»Nein, im Ernst. Als ich eben auf war, um mir was zu trinken zu holen, ist mir ein halbnackter Typ im Flur begegnet.«

»Oh, hatte ich vergessen zu erwähnen, dass ich mir die Wohnung mit einem Untermieter teile? Sorry, ich war gestern wohl schon etwas zu sehr abgelenkt. Das ist Carlo, er wohnt seit ein paar Monaten in dem Zimmer da drüben. Ich hoffe, du hast dich nicht allzu sehr erschrocken.« Sie grinst und schiebt die Unterlippe spöttisch vor. »Nackte Männer am frühen Morgen sind ja nicht wirklich jedermanns Sache ...«.

Nick brummt etwas Unverständliches, was wohl seine Irritation über diesen Vorfall ausdrücken soll.

»Meine allerdings schon.« Lisas Hände umfassen seine Hüften und lassen keinen Zweifel aufkommen, was sie jetzt von ihm erwartet.

Als sie sich ein paar Stunden später trennen, eröffnet sie ihm, dass sie am nächsten Tag für drei Wochen in einen schon lange gebuchten Urlaub fahren werde. Allein, ohne Begleitung. Eine Auszeit, die sie sich verordnet habe, um über ihre Situation nachzudenken. Sie habe in den letzten Jahren viel gearbeitet, habe die Karriere meist über ihr Privatleben gestellt. Eine langjährige Beziehung sei in die Brüche gegangen. Sie sei nun in einem Alter, in dem sie die Weichen für die Zukunft stellen müsse. Zumal wenn sie sich noch den Wunsch nach einer Familie, nach Kindern erfüllen wolle. Als sie sich vor Wochen dazu entschieden habe, fern der Heimat, ohne die Belastungen des Alltags und die ständigen Einflüsterungen von Freunden und Familie, diesen Weg zu gehen, habe sie ihn noch nicht gekannt. Dass er in ihr Leben getreten sei, sei schön und eine wirkliche Bereicherung, aber es verwirre sie im Grunde noch mehr und beunruhige sie zutiefst. Diese Unruhe könne sie nicht einschätzen. Deshalb sei es vielleicht wirklich gut, wenn sie jetzt wegführe und in aller Ruhe über ihr Leben nachdenke.

Nick versteht jene Unruhe, die sie erfasst hat. Ihre Art, mit ihm zu sprechen und mit ihm umzugehen, hat ihn berührt, und ihre Abreise schüttelt sein Gefühlsleben durcheinander, er bekommt Magenschmerzen und weiß, dass er sich verliebt hat. Er hat keine Vorstellung davon, wie er die nächsten Wochen ohne sie überstehen soll. Er hat Angst, sie zu verlieren. Jegliche Leichtigkeit, die er in der Begegnung mit ihr von Anfang an verspürt hat und die ihn durch die letzten Tage und Stunden getragen hat, ist verflogen. Fragen tauchen auf. Sie kennen sich nur kurz. Es war sehr schön, sehr innig bisher. Aber reicht das schon für ein Stückchen Leben? Für irgendeine Art von Gemeinsamkeit?

Sie will nicht, dass er sie zum Flughafen bringt. Wie soll er das deuten? Ist das schon der Anfang vom Ende? Oder nur Teil des Plans? Keine Einflüsse, keine Dramen, alles offen. Carlo werde sie fahren. Sie werde sich bei ihm melden. Und bittet um Verständnis. Und um Geduld. Nick nickt. Natürlich respektiere er das. Er hoffe und freue sich auf sie. Auf ihre Rückkehr. In drei Wochen. Ob er noch etwas tun könne? Sie schüttelt den Kopf und umarmt ihn. Er sieht ihre Tränen. Und weiß nicht, was sie bedeuten.

Die drei Wochen vergehen langsam. Viel zu langsam. Aber er hält sich an ihre Abmachung. Er ruft sie nicht an. Wahrscheinlich würde er sie sowieso nicht erreichen. Sie hat ihm nur den Tag ihrer Rückkehr mitgeteilt. Sie werde sich bei ihm melden. Irgendwann ist der Tag da. Er hat nichts von ihr gehört. Er checkt die Flüge, eruiert eine Ankunftszeit. Er hadert mit sich, ob er zum Flughafen fahren und sie überraschen soll. Die Ungewissheit macht ihn wahnsinnig. Er hat kein gutes Gefühl. Aber er hält es nicht mehr aus und macht sich auf den Weg. Zwei Stunden zu früh. Er hat keine Blumen gekauft. Er will sich im Hintergrund halten, er will sehen, was passieren wird. Wie ein Irrer läuft er durch das Terminal, versteckt sich hinter Säulen und Werbeflächen, nie den Blick abwendend vom Gate, durch das sie kommen muss.

Die Maschine landet pünktlich. Nicks Hemd ist durchgeschwitzt. In dem Moment, als die ersten Passagiere im Ausgang erscheinen, bemerkt Nick im Augenwinkel einen Mann, den er zu kennen glaubt: Carlo. Einen gelben Koffer vor sich her schiebend, geht Lisa durch das Tor, sieht Carlo und geht freudestrahlend auf ihn zu. Die beiden fallen sich in die Arme und küssen sich. Nick, der schon im Begriff gewesen ist, auf Lisa zuzugehen, macht einen Schritt zurück und tritt hinter den Aufsteller einer Chartergesellschaft. Er kann sich kaum bewegen, beobachtet wie paralysiert die beiden, die jetzt lachend Arm in Arm das Flughafengebäude verlassen.

»Hier läuft aber gerade ein ganz schlechter Film«, murmelt er. Alles, was er in der letzten Zeit an Träumen und Vorstellungen aufgehäuft hat, zerfleddert wie ein unordentlicher Haufen schmutziger Wäsche, den der Wind erfasst hat. Er empfindet keinen jähen Schock, eher einen dumpfen, langsam in Arme und Beine fließenden Schmerz, eine anhaltende Betäubung, die krampfend sein Herz erreicht. Er hat wohl diese Möglichkeit geahnt, sie vielleicht sogar auf eine verschämte Weise durchgespielt. Verdrängung hat ja oft etwas Positives, diesen Mechanismus hat er immer wieder genutzt, um einigermaßen heil aus schwierigen Situationen herauszukommen. Auch diesmal greift dieser Reflex. Nick setzt sich auf eine Bank. Was um ihn herum geschieht, registriert er nur als Abfolge bunt ineinanderfließender Bilder. Er kommt sich vor wie ein zu Unrecht bestraftes Kind, das man in ein Zimmer gesperrt, die Vorhänge geschlossen und dort auf unbestimmte Zeit vergessen hat. Irgendwann steigt er in seinen Wagen und fährt nach Hause.

Am nächsten Tag meldet er sich in einem Fitnessstudio an. Er trainiert täglich, manchmal in zwei Schichten, in der Mittagspause und am Abend, wenn er frei hat. Er quält sich auf dem Crosstrainer und an anderen Foltergeräten. Dazu ein paar Kraftübungen auf der Matte. Erst allmählich traut er sich vor den Spiegel, wo die Jungs mit den dicken Oberarmen die Eisen wuchten. In dieser Zone sind fast alle tätowiert und gepierct. Kaum einer redet, sie stöhnen und schütten Proteine in sich rein. Nick fängt mit den kleinen Hanteln an, steigert sich, macht viele Wiederholungen. Zum Schluss nochmals ein langer Sprint, dann ins Dampfbad. Dort kann er Stunden bleiben. Macht immer wieder neue Aufgüsse, die feuchte Hitze tut ihm gut, ermüdet ihn nur ganz allmählich. Diese finnischen Hitzeorgien hat er noch nie gut ausgehalten. Aber ein Hamam ist wie der Himmel auf Erden. Der lauwarme Marmor, das kühle Becken, das Wasser an den Wänden, alles entspannt.

Allmählich verändert sich sein Körper. Nach sechs Wochen hat er sechzehn Kilo verloren und drei Kleidergrößen übersprungen. Sein Bizeps ist ansehnlich und seine Hüften schmal, im Gesicht wirkt er fast hager, was ihm gefällt, weil es sein Seelenleben widerspiegelt. In den letzten Wochen hat er kaum gegessen und viel geschlafen. Er hat sich alle CDs von Lenny Kravitz gekauft. Aber er hat sie nicht angehört. Er hat sich nur die Fotos auf den Booklets angesehen.

Er ist auch nicht ausgegangen. Seinen Freunden sagt er, dass er viel arbeiten müsse und sich außerdem neu einrichte. Das stimmt sogar. Er verschenkt seine alten Möbel und durchstreift die Designerboutiquen der Stadt. In einem Posterladen kauft er mehrere Schwarz-Weiß-Fotos von New York und Paris und hängt sie sich an die Wand. Besonders liebt er die Aufnahme von Ruth Orkin, *American Girl in Italy* von 1951. Unglaublich und bewunderungswürdig die Haltung, mit der die junge Frau durch die Menge der gaffenden Männer geht. Auch wenn das Foto ein bisschen inszeniert ist. Die Couchgarnitur und die beiden Sessel seiner Eltern aus den Sechzigerjahren lässt er für teures Geld mit neuem Stoff beziehen und stellt sie aufs Parkett. Alles wirkt kühl, fast artifiziell, er mag das so.

Dann nimmt ihn ein Freund mit auf eine Party. Privat, irgendwo am Stadtrand. Er würde wohl niemanden kennen, aber er solle sich einfach mal wieder ablenken. Sie sind spät dran, aber das scheint in Ordnung zu sein. Vom Eingang weg wird er gleich in die Küche bugsiert. Er sieht kurz in ein paar dunkle Augen, dann drückt ihm der Gastgeber einen bunten Drink in die Hand. Die dunklen Augen gehören zu einer Frau, die in der Mitte der kleinen Küche steht. Sie redet, und alle, die sich in den Raum gezwängt haben, hören ihr zu. Sie redet über Sex. Genauer, sie erzählt Männerwitze. Witze, die Frauen sonst nie erzählen. Höchstens wenn sie unter sich sind. Aber keinesfalls auf Partys. Nick nippt an seinem Drink. Was soll er hier? Er wird sein Glas austrinken und sich dann unauffällig verziehen.

Die Frau spricht noch immer. Sie scheint die Situation mehr als zu genießen. Immer wieder wechselt sie die Tonlagen, säuselt und schmachtet, erhöht dabei allmählich das Tempo und steuert mit exaktem Timing auf ihre Schlusspointe hin, die sie unerwartet verzögert und, mit ihren Zuhörern spielend wie mit einer gierigen Meute, die auf den Fleischköder wartet, die Situation damit bis ins schier Unerträgliche ausreizt. Kurz bevor sie das Wort sagt, auf das alle warten und das die Spannung in der engen Küche wie der Nadelstich in einen Luftballon zum Platzen bringt, wirft sie Nick einen Blick zu, als würde sie ihn in der nächsten Sekunde ermorden wollen. Dass sie dazu eine Strähne, die ihr ins Gesicht gefallen ist, mit leicht hochgezogenem Mundwinkel wegbläst, findet er unpassend. Der tödliche Blick hat ihn nicht gestört.

Als er sich gerade wegdrehen will, bemerkt er, wie sie ihm kurz zuzwinkert und im gleichen Atemzug endlich mit ihrer Geschichte zum Höhepunkt kommt. Augenblicklich setzt brüllendes Gelächter ein, die Leute heben die Gläser, klatschen sich gegenseitig auf die Schultern.

»Hallo, Fremder, was hat dich denn hier herein geweht?« Nick spürt ihre Hand auf seiner Brust.

»Ein Freund hat mich mitgenommen. Ich wollte aber sowieso gerade …«

»Doch nicht gehen? Das kann ich nicht zulassen.« Sie nimmt ihm das leere Glas aus der Hand und zieht ihn ins Wohnzimmer, wohin sich mittlerweile die Party verlagert hat.

*Get up, get up, get up / Wake up, wake up, wake up / Oh, baby, now let's get down tonight …* Mit schlangenhaften Bewegungen überlässt sich die Frau dem sanften Reggae, packt Nick mit beiden Händen am Revers seines Sakkos und zieht ihn so nahe an sich heran, dass er den Kokosduft ihres Parfums riechen kann. Um ihn im nächsten Moment wieder von sich wegzuschieben und ihn trotzdem mit ihren dunklen Augen zu fixieren. Augen, die alles versprechen. Nick ist irritiert, lässt sich immer mehr treiben, spürt die Wirkung des schnellen Drinks, wirft sein Jackett irgendwo auf den Boden, passt seinen Tanz ihrem Rhythmus an, *sexual healing*, ein werbendes Schweben und Berühren, als ob sie allein im Raum wären. Nick ist sich nicht sicher, auf was er sich da gerade einlässt.

»Wie heißt du?«

Sie lacht heiser auf. »Komm mit.« Und als sie sein Zögern bemerkt: »Nun komm schon.«

Sie öffnet rasch die nächste Tür. Kaum dass sie im halbdunklen Zimmer sind, greift sie ihm zwischen die Beine. »Oh, das fühlt sich ja richtig gut an.« Wieder lacht sie ihr tiefes, etwas krächzendes Lachen. Wahrscheinlich ist sie Kettenraucherin, denkt Nick, aber bevor er darüber grübeln kann, ob er sie küssen will, steckt sie ihm ihre Zunge in den Mund. Es schmeckt besser, als er es sich vorgestellt hat. Mittlerweile hat sie den Reißverschluss seiner Hose aufgezogen und lässt keinen Zweifel daran, dass sie es dabei nicht bewenden lassen will. Als Nick versucht, sanft ihre Brüste zu streicheln, nimmt sie seine Hände und sagt: »Du kannst ruhig fest zupacken, ich mag das.« Nick lässt sich das nicht zweimal sagen, ein leichtes Stöhnen zeigt ihm, dass er auf dem richtigen Weg ist. Doch bevor er weitermachen kann, drückt sie ihn gegen die Wand und rutscht an ihm herunter. Er sieht nur noch einmal ihre dunklen Augen, als sie kurz zu ihm aufblickt. Ab dann macht sie mit ihm, was sie will. Er will in ihre Haare greifen, sie hochziehen, aber sie schüttelt ihn so energisch ab, dass er es lässt. Okay, dann soll es eben so sein. Alles andere wird sich ergeben.

Als er allmählich wieder klar denken kann, ist sie wie vom Erdboden verschwunden. Er nimmt an, sie habe sich vielleicht auf das Sofa in der hinteren Ecke des Raums gelegt oder sei in das angrenzende Bad geschlichen, aber nichts dergleichen. Als habe sie sich in eine Ritze des Holzbodens versenkt, geräuschlos wie eine Katze, einfach weg. Merkwürdig. Nick richtet seine Kleidung und geht zurück zu den anderen Partygästen. Auch dort ist sie nicht, niemand hat sie gesehen. Er fragt seinen Freund und einige andere diskret nach ihr, doch niemand kennt ihren Namen. Keiner hat sie mitgebracht, keiner weiß, woher sie kam. Sie war einfach da gewesen und stand schnell im Mittelpunkt, ohne dass jemand näher an sie herangekommen war. Wie ein Phantom. Er erzählt seinem Freund, was passiert ist, aber dieser meint achselzuckend, er solle sich keine Gedanken machen. Offenbar habe sie es genauso gewollt, wie es gelaufen sei. Und er sei doch in jedem Fall auf seine Kosten gekommen. Da ist sich Nick nicht so sicher.

Wieder zu Hause macht er sich eine Flasche Rotwein auf und trinkt sie fast bis zur Hälfte in einem Zug aus. Dann geht er zum Regal und nimmt die CDs heraus. Kurz ist er versucht, sie alle in den Müll zu werfen. Aber dann zögert er doch, als er das Cover von *Mama said* betrachtet, auf dem Lenny leicht feminin die Haare fliegen lässt und sich eine Federboa um den Leib schlingt. Auf der Rückseite steht er breitbeinig da in seinen gestreiften Hosen und schaut herausfordernd in die Kamera. Alle Songs sind aufgelistet, *Mama said* ist nicht darunter. Nick muss grinsen. Dann legt er die Flasche aus der Hand, streift das Cellophan von der Hülle ab und legt die silberne Scheibe in den Player. Erst wandert Lenny etwas hippiemäßig verspult durch irgendwelche Felder der Freude, aber dann versohlt ihm Slash den Hintern und dann, ja, dann sagt ihm Mama die Meinung. Es hat etwas anrührend Kindliches, wenn Lenny auf die Fragen seiner Mama antwortet, dass er gerade auf der Flucht sei. Nick grient in sich hinein. Auch so ein Musterexemplar von Macho hat eine Mama, die ihm Ratschläge erteilt, denen er sich nur schwer entziehen kann.

Nick schaltet den CD-Spieler aus und stellt die Flasche auf den Küchentisch. Wahrscheinlich hatte er nichts begriffen. Das Spiel war an ihm vorbei gelaufen. Das kommt vor. Vielleicht hat es gar nichts mit ihm zu tun. Aber das ist jetzt auch nicht mehr wichtig. Jedenfalls darf er sich nicht so reinsteigern. Sonst macht er sich nur zum Idioten. Es wird ihm nicht gelingen, immer die Zügel fest in der Hand zu halten. Oder gar etwas zu forcieren, was sich nicht erzwingen lässt. Das hat er jetzt gelernt. Bisschen schmerzhaft, die Erfahrung, aber so ist es nun mal. Er wird Lisa vielleicht nicht vergessen. Aber er wird sich nicht mehr um sie bemühen. Und er wird seine Mama anrufen, das auf jeden Fall. Das ist er Lenny schuldig.

# *Solange das Licht scheint*

Eigentlich sind seine Eltern nicht sehr streng. Er besitzt ein Fahrrad, ein Surfbrett und ein eigenes Zimmer. Und zu Weihnachten wird er vielleicht einen Hund bekommen. Weil er nur einen älteren Bruder hat, der sich überhaupt nicht um ihn kümmert, will er wenigstens einen Hund. Das ist das Mindeste. Elias hat einen größeren Bruder, der ihm alles zeigt. Und Hank sogar drei Schwestern. Okay, das muss auch nicht sein. Dann lieber einen Hund. Mit dem kann er dann über den Strand rennen und in den Cerrito Vista Park und zur Marina gehen. Er wird ihm kleine Kunststücke beibringen. Vielleicht kriegt er ihn dazu, auf zwei Pfoten zu laufen. Dann wird er an der Promenade seine Mütze hinlegen, wenn die Touristen am Abend flanieren und sich amüsieren wollen. Bestimmt sind sie großzügig, wenn sie einen kleinen Jungen sehen, der Gitarre spielt und einen Hund hat, der Männchen macht und einen Ball auf der Schnauze balanciert. In seiner Mütze werden die Münzen nur so klimpern. Er wird ihn Perry nennen und mit dem Geld wird er ihm Leckereien kaufen. Den Rest wird er sparen, bis er so viel Geld zusammen hat, um zu einem Spiel der Lakers gehen zu können. Er will unbedingt einmal Jerry West sehen, von dem jetzt alle reden. Aber das wird noch eine Weile dauern, das ist ihm schon klar.

»Hey, John, wo bist du? Dein Dad und ich wollen jetzt gehen.«

»Hier bin ich, Mom.« John schlurft aus seinem Zimmer. »Jetzt geht ihr schon? Ich dachte, ihr wollt ins Kino. Das fängt doch erst in zwei Stunden an.«

»Aber wir gehen doch vorher noch etwas essen mit den Ciffords. Mit den Eltern von Doug, du weißt schon. Wir wollen sie auch mal kennenlernen, wenn ihr schon die ganze Zeit zusammen rumhängt. Ist doch okay, oder?« Sie nimmt ihren jüngsten Sohn in den Arm und fährt ihm sanft über den blonden Haarschopf.

»Wo ist eigentlich Tom? Müsste er nicht längst zu Hause sein?«

»Tom ist mit Lisa unterwegs. Ich weiß nicht, wann er heim kommt. Ich kann ihn nicht ständig an die Leine legen. Immerhin ist er ja schon achtzehn.«

John entwindet sich mürrisch dem Griff seiner Mutter. »Das heißt, dass ich den ganzen Abend allein sein werde? Das finde ich echt blöd.«

»Hey, Großer, du wirst doch keine Angst haben, oder?« Sein Dad leistet sich ein breites Grinsen und haut ihm kumpelhaft auf die Schulter. John zuckt schmerzhaft zusammen.

»Natürlich nicht. Aber ich bin eben nicht gerne allein. Das wisst ihr doch.«

Gestern hat John den Anfang einer Sendung gesehen, in der die Polizei ungelöste Kriminalfälle vorstellt und die Bevölkerung zur Mithilfe aufruft. Damit möglichst viele zuschauen, werden die Verbrechen von Schauspielern nachgespielt. Sein Dad hat den neuen Fernseher erst vor ein paar Wochen gekauft; wie ein schwarzer Tabernakel thront er zwischen Mamas geliebten Topfpflanzen und dem hohen Holzschrank, in dem neben der Hausbar und einigen Büchern die Plattensammlung seines Vaters den weitaus größten Platz einnimmt. John hatte nicht schlafen können und war in den Flur geschlichen, um durch die leicht geöffnete Tür ins Wohnzimmer zu spähen. Seine Eltern hatten ihn anfangs nicht bemerkt. Er sah auf dem Bildschirm, wie eine Frau nach Hause kommt und sich an der Garderobe den Mantel auszieht. Während sie leicht umständlich ihre Handtasche verstaut und sich dann in der Küche etwas zu trinken nimmt, schwenkt die Kamera ins Wohnzimmer, wo hinter einem Vorhang ein paar dunkle Herrenschuhe hervorschauen. John hielt den Atem an. Im Film bauscht sich der Vorhang etwas auf, weil offenbar die Tür zur Terrasse geöffnet ist. Die arglose Frau glaubt ein Geräusch gehört zu haben und geht von der Küche zum Wohnzimmer. Wieder wechselt die Perspektive. John konnte kaum mehr hinsehen und starrte doch wie gebannt auf den Bildschirm. In dem Moment, als eine Hand den Vorhang vorsichtig beiseiteschiebt, entdeckte ihn seine Mutter an der Tür und scheuchte ihn sofort zurück in sein Zimmer. Doch er hatte schon genug gesehen.

»Du bist jetzt in dem Alter, wo das schon einmal möglich sein muss. Andere Kinder bleiben abends auch allein zu Hause.«

»Aber schau, Mama, bei den anderen sind wenigstens ihre Brüder daheim. Die sind also gar nicht richtig allein. Ich aber schon. Tom ist nie da.«

»Ach, jetzt stell dich nicht so an. Wir sind schon so lange nicht mehr weg gewesen. Was soll denn sein? In ein paar Stunden sind wir wieder da. Da schläfst du längst. Du kannst auch länger aufbleiben. Lesen oder Musik hören. Um zehn machst du aber bitte das Licht aus. Du hast morgen ein Spiel, da musst du fit sein.« Seine Mama streicht ihm nochmals über die Haare, was ihn besänftigen soll. Tut es aber nicht.

»Muss das wirklich sein? Ihr könnt die anderen doch auch zu uns nach Hause einladen? Da könnt ihr euch genauso gut unterhalten.«

Seine Mutter schüttelt den Kopf. »Ach, John, jetzt mach nicht so ein Theater. Wir müssen mal raus. Wir sind doch sonst jeden Abend hier. Okay?«

Murrend verzieht sich John in die Küche, wo seine Mutter ihm einen Teller mit seiner Lieblingspasta und ein Glas Wasser hingestellt hat. Das wird er sowieso nicht trinken. Im Kühlschrank ist noch eine Flasche Cola, die wird er sich holen, wenn sie weg sind. Sonst darf er kein Cola trinken, weil er dann angeblich nicht einschlafen kann. Aber das ist ihm jetzt völlig egal. Wenn sie ihn schon gegen seinen

Willen allein lassen, dann wird er auch das tun, wozu er Lust hat. Und sich nicht nach ihren Vorschriften richten.

Als sie nach einigem Hin und Her dann endgültig gegangen sind, ruft er als erstes seinen Freund Doug an. Doug hat er erst vor ein paar Wochen kennengelernt. Im Musikzimmer ihrer Potola Junior High School. John war zuvor von der St. Mary's High School geflogen, weil er immer wieder die Schule geschwänzt hatte. Er spielte gerade einen Song von Fats Domino auf dem Klavier, als Doug plötzlich im Raum stand. Er hatte ihnen gar nicht reinkommen sehen. Doug musste ihm wohl schon eine Weile zugehört haben, denn als John fertig war, kam er zu ihm ans Klavier und sagte, dass er toll gespielt hätte, Fats hätte das nicht besser machen können. John fand das nett und bedankte sich.

»Spielst du auch ein Instrument?«

»Ja, klar, Mann, ich spiele Schlagzeug. Wollen wir eine Band gründen? Was hältst du davon?«

John war überrascht, aber er mochte die Idee. »Eigentlich spiele ich aber Gitarre. Klavier nur so nebenher.«

»Kein Problem. Ich kenne einen Typen, er heißt Stu, der kann Klavier spielen.«

Seitdem treffen sie sich regelmäßig in einer Gartenlaube auf dem Grundstück von Dougs Eltern, um zu üben. Sie nennen sich The Blue Velvets.

John setzt sich in den Flur vor die flaschengrüne Kommode und schnappt sich den Hörer. »Hey, Doug, alles klar?«

»Hey, John, was liegt an?«

»Sind deine Eltern auch schon weg?«

»Vor ein paar Minuten. Sie waren ganz aufgeregt. Weil sie sich doch mit deinen Alten verabredet haben. Ich glaube, sie wollen einen guten Eindruck machen.«

John muss lachen und trinkt einen großen Schluck aus der Colaflasche, die er sich vorher noch aus der Küche geholt hat.

»Was machst du?« John weiß, dass Dougs Familie keinen Fernseher hat. Ihm muss stinklangweilig sein.

»Nichts Besonderes. Wir spielen Karten und hören Musik. Außerdem hat mein Vater eine Flasche Whiskey hier rumstehen lassen. Das war ein Fehler!« John hört Dougs Gelächter durch den Telefonhörer.

»Ihr trinkt Whiskey? Das kannst du deinem Friseur erzählen.«

»Ich gehe nie zum Friseur. Kannst ja vorbei kommen, wenn du es nicht glaubst. Du, ich muss Schluss machen. Die anderen wollen weiter spielen. Wir sehen uns morgen, okay?« Bevor John reagieren kann, hat Doug schon aufgelegt.

»Blödmann.« John legt den Hörer beiseite. Cola und Whiskey, warum nicht. Manchmal hat sogar Doug gute Ideen. Ab jetzt ist die Bar geöffnet. Er mischt sich etwas unsicher einen Drink. Das Zeug schmeckt verdammt gut, auch wenn er erstmal ziemlich husten muss.

In der Wohnung brennen nur die Stehlampe im Wohnzimmer und die Deckenleuchte in Johns Zimmer, deren Licht in den Flur fällt. Er wird es sich gemütlich machen. Jetzt fehlt nur noch die richtige Musik. Er schaut die Sammlung seines Vaters durch. Gut sortiert, keine Frage, sein Vater ist ein echter Freak, was Musik angeht. Er sammelt alles, was Rhythm & Blues ist, aber auch die neuen Rock'n'Roller. In der Familie spielt jeder ein Instrument, auch sein Bruder Tom. Violine und Akkordeon. John mag es, wenn sie alle zusammen singen und spielen. Er glaubt, dass er die beste Stimme von allen hat. Nun entscheidet er sich für Carl Perkins. Sein Dad liebt Rockabilly und besitzt viele Singles von Perkins. Erst vor kurzem hat er sich dessen zweite LP gekauft, *Whole Lotta Shakin'*, ein Wahnsinnskracher. Mit spitzen Fingern nimmt John die Platte, um nur ja keinen Kratzer zu verursachen, und legt sie vorsichtig auf den Teller. Während der Titelsong läuft, betrachtet John die Hülle. Auf dem Frontcover sieht man Perkins mit Gitarre in einem rot-schwarz gestreiften Jackett, aus vier verschiedenen Blickwinkeln aufgenommen, die ineinander fließen. Das schwarze Haar gegelt, Schmalzlocke, cooler Typ. Auf der Rückseite ein Konzertfoto und der Werbetext, zwölf Songs sind auf der Scheibe, die gleichfalls rot-schwarz gestaltet ist und auf der groß »Columbia« steht. Ist sicher die Plattenfirma, soviel weiß John schon. Während nun *Tutti-Frutti* und *Shake, Rattle and Roll* laufen, tobt und hüpft John durch die Wohnung, wirft sich vor dem Schlafzimmerspiegel der Eltern mit einer imaginären Gitarre in Pose und wirbelt sie wie ein Cowboy, der mit dem Lasso ein Rind einfangen will, über dem Kopf. Beim nächsten, etwas langsameren Stück zieht er die Stehlampe heran und benutzt sie, dabei langsam in die Knie gehend, als Mikrofon.

Plötzlich klingelt das Telefon.

»Hallo, John, mein Junge, wie geht es dir?«

»Hi, Grandma. Gut geht es mir. Warum rufst du an?«

»Nur so. Mir ist langweilig. Und da wollte ich mal sehen, was ihr so treibt. Du musst mich mal wieder besuchen kommen, hörst du?«

Seine Oma, die in Louisiana lebt, liebt den Rosenkranz und das Bier und erzählt stets aufs Neue alte Geschichten. Wie die von einem langen Heimweg durch den Wald, als plötzlich Swamp People aufgetaucht seien und sie es mit der Angst zu tun bekommen habe. Denn man habe ihr von angeblichen Gräueltaten erzählt, die diese Leute begangen hätten. Sogar kleine Kinder würden sie essen. Oma, damals kaum fünfzehn Jahre alt, schlug sich in die Büsche und machte einen weiten Bogen um das Lager. Ihre Eltern hätten sie damals ausgelacht. Das seien bestimmt nur die Jäger aus dem Pfahldorf gewesen, die nach Alligatoren oder anderem Wild Ausschau gehalten hätten. Harmlose, freundliche Leute. Sie hätte sich ruhig von ihnen einladen lassen können. Die würden hervorragend kochen, meist Jambalaya, diesen wahnsinnig scharfen Eintopf mit Hühnerfleisch, Schinken und Gemüse. Man sitzt dann am Lagerfeuer zusammen und macht Musik. Mit der Ziehharmonika. Und dann tanzen alle. Das sähe irre aus, so zwischen den vermoosten Sumpfeichen und den schiefen Hütten. Wie eine fröhliche Geisterbeschwörung.

John und Tom lauschten andächtig, bis Oma mit einer lässigen Handbewegung meinte: »Jetzt hör ich aber auf. Das habe ich doch schon hundertmal erzählt.« Alle schüttelten die Köpfe, und Oma fühlte sich gut. Sie war die Älteste von zehn Geschwistern gewesen und auf einer Farm aufgewachsen. Eine Art Ersatzmutter für die Kleinen. Die harte Arbeit hatte die zierliche Frau am Ende ihres Lebens weich gemacht. Oft saß sie im Dunkeln, betete und sinnierte über Gott und die Welt.

Im Sommer besuchten sie öfters Johns Onkel auf dem Land. Vor dem Morgengrauen holte er die Jungs aus dem Bett, in dem diese unter schweren Federdecken versunken waren. Sie hatten kaum geschlafen, weil die Mutter des Onkels, in deren Kammer sie untergebracht worden waren, die ganze Nacht geseufzt und gestöhnt hatte. Außerdem waren sie zu aufgeregt gewesen, um tief schlafen zu können. Denn der Onkel hatte versprochen, mit ihnen auf die Jagd zu gehen. Sie legten ihre Kriegsbemalung auf, schnürten die Stiefel und folgten ihm in die Wildnis. Nach einem kurzen Fußmarsch bezogen sie einen Beobachtungsposten. Auf einem Hochsitz saßen sie stundenlang, nichts passierte, die Kinder konnten kaum mehr die Augen offen halten. Doch als ein Fuchs über die Lichtung schnürte und ein paar Rehe friedlich ästen, fühlten sie sich wie die letzten Mohikaner. Es waren Momente reinen Glücks, weil sie völlig frei waren von jeglichen anderen Gedanken.

Gerne gingen sie auch zum Wildgehege mit den Hirschen und schauten deren friedlichem Leben zu. Aber eines Tages drehte der Onkel einer Taube den Hals um. Und schlitzte den glitzernden Forellen, die sie mit der Hand, mit Gummistiefeln im flachen Wasser stehend, gefangen hatten, den Bauch auf und nahm sie aus. Umgehend beendeten John und Tom die Jagdsaison. Für alle Zeiten. Zumal ihnen die ganzen Jagdtrophäen unheimlich waren, diese weißen Knochen mit den Hörnern und Klauen, die der Hausherr und seine vier Söhne an allen Wänden des Hauses aufgehängt hatten. Sie betreuten nun die Rinderherde, bis sich John eines Abends beim Heimholen der Tiere am Zaun einen elektrischen Schlag holte, der seinen Arm hinauf bis an sein Herz kroch. Fortan verlegten sie sich auf die Heuernte, banden Garben und Ballen und fuhren auf dem Mähdrescher mit, bis ihnen im Streugestöber die Augen tränten und die Lungen keuchten. Das Leben auf dem Lande schien tückisch zu sein, und als der Onkel mit ihnen auf dem Traktor fast noch einen Hang hinuntergestürzt wäre, kehrten John und Tom in die Stadt zurück.

»Klar kommen wir dich bald wieder mal besuchen. Und kannst du dann wieder diese leckere Zitronen-Tarte und den Königskuchen machen?« John läuft allein schon bei dem Gedanken das Wasser im Mund zusammen.

»Natürlich backe ich dann für euch. Den Königskuchen gibt es aber erst nach Weihnachten, das weißt du schon?«

»Ja, ich weiß, zu Mardi Gras. Der ist immer so schön bunt ...«. Oma versteckt in dem in den traditionellen Farben Grün, Purpur und Gold gehaltenen, mit Zuckerguss verzierten Kuchen auch kleine Münzen, auf die die Jungs ganz besonders scharf sind.

Plötzlich hört John ein Geräusch an der Wohnungstür. Er dreht sich um und lauscht. Nichts. Offenbar hat er sich getäuscht. Er wendet sich wieder dem Telefon zu und will gerade Omas Meinung zu dem Umstand einholen, dass seine Eltern ihn heute Abend alleine gelassen haben, als er ein lautes Keuchen an der Tür vernimmt. Er erschrickt so sehr, dass er mit dem Telefon das Deckchen, auf dem ein Krug steht, verrutscht. Dieser gerät ins Wackeln, John lässt den Hörer fallen, um das Schlimmste zu verhindern, aber zu spät. Der Krug stürzt um und fällt krachend auf den Tonarm des Plattenspielers und auf die Schallplatte. Aus der bricht ein großer Zacken heraus, und der Tonabnehmer kippt aus seiner Verankerung. Entsetzt sieht er, was er angerichtet hat. Sein Vater wird ihm das nie verzeihen. Eine Platte von Carl Perkins, das wird er nicht verschmerzen. Hoffentlich kriegt er sie noch im Laden, John wird sie sofort von seinem Taschengeld nachkaufen.

Er blickt zur Tür und erkennt durch das Guckloch in der Tür Licht, das von draußen hereinfällt. Die Deckenleuchte auf der Veranda vor dem Haus. Seine Eltern haben das Licht extra angelassen. Es keucht wieder. John geht leise die paar Schritte zur Tür, stellt sich auf die Zehenspitzen und will eben durch das kleine Loch sehen, als es sich im gleichen Augenblick verdunkelt. Ganz offensichtlich steht jemand vor der Tür und schaut von draußen ihm direkt ins Auge! Er schreckt zurück und versteckt sich in panischer Angst hinter dem Türstock zu seinem Zimmer. Jetzt hört er ein Scharren, wie wenn sich jemand die Füße abputzt, dann wieder dieses tiefe Keuchen. Er kann nicht mehr atmen. Regungslos hockt er am Boden und wartet, dass gleich jemand die Haustür aufschließen und ihn dann erwürgen wird. Nichts geschieht. Endlose Sekunden verstreichen. Drei Zentimeter Holz trennen ihn von seinem Mörder. Er kann sich nicht rühren, ist wie festgeklebt. Stattdessen linst er schräg nach oben zum Guckloch, um zu sehen, ob immer noch jemand hindurch schaut. Doch der Winkel ist zu schräg, er kann nichts erkennen. Gleich darauf wieder dieses Scharren am Boden, dann hört er sich langsam entfernende Schritte. Er sackt in sich zusammen. Auf niemanden ist Verlass. John fühlt sich allein, ungesichert. Da draußen ist die Hölle. Dieser Blick nimmt ihm alles weg. Sein Magen fühlt sich an wie ein einziger Angstklumpen. Der Schlafanzug klebt an seiner Haut, seine Finger gleichen gichtig verkrümmten Knochen, seine Zehen haben sich im Teppichboden verkrallt. Er weiß nicht, wie lange er so sitzt. Irgendwann kommen die Eltern heim.

Am nächsten Tag will seine Mutter wissen, was eigentlich geschehen ist. Gestern hat sie ihn, ohne viel zu fragen, gleich ins Bett gebracht. Der Whiskey und die zerbrochene Platte waren zu seinem Erstaunen gar kein Thema. Er erzählt ihr von den Geräuschen an der Tür. Sie lacht und nimmt ihn in den Arm. Das sei sicherlich nur der verrückte Jalacy Hawkins aus der Nachbarschaft gewesen, der treibe nachts öfter sein Unwesen, gehe von Haus zu Haus, meist betrunken, grunze und schreie und versuche die Leute und ihre Häuser, die ihm nicht passten, mit einem Fluch zu belegen. Ein seltsamer Heiliger, der große Hüte und zuweilen ein Leopardenfell um die Schultern trage, aber letztlich völlig harmlos sei. Der wolle nur kleine Kinder erschrecken. Deshalb schnaufe er auch immer so laut, er sei ein bisschen verrückt. John solle sich da keine Sorgen machen.

Es dauert lange, bis John diese Erklärung annehmen kann. Mr. Hawkins geht er noch einige Zeit aus dem Weg. Ob er tatsächlich durch das Guckloch in der Tür gesehen hat, hat John nie erfahren. Aber zehn Jahre später wird er einen Song schreiben, der mit der Zeile beginnt: *Solange das Licht scheint* ....

# Forellenfischen in Kanada

»Wahnsinn, ist das heiß hier«, murmelt Theo und atmet flach in das mit Wasser gefüllte Tonschälchen, das er direkt vor Mund und Nase hält, um Luft zu bekommen. Nilo, dieser verrückte Finne, hat die Sauna auf über einhundert Grad hochgefahren. Ihm und seinen Freunden scheint die Hitze nichts auszumachen, während Theo kurz vor dem Kollaps steht.

»Noch ein kleiner Aufguss«, lacht Nilo, schüttet eine Kanne mit Wasser, das er vorher mit einer wohlriechenden Tinktur versetzt hat, über den Ofen und wedelt mit einem Tuch die heißen Schwaden durch den Raum. Theo hält noch eine Minute durch. Dann verlässt er fluchtartig die Sauna und läuft auf den Steg. Er lässt sein Handtuch fallen und springt mit einem wilden Schrei in den kühlen Trout Lake.

Er ist gerettet. Mit kreisenden Armbewegungen schwimmt er auf der Stelle und schaut ans Ufer, wo Micky und Robby ihre Angeln ins Wasser halten. In ihren roten Schwimmwesten sehen die Jungs aus wie kleine Michelin-Männchen. Plötzlich ruckelt es heftig an Mickys Leine; der Kleine bleibt ruhig und holt mit gleichmäßigem Tempo die Schnur ein. Der Fisch zieht Richtung Seemitte, drückt zur Seite, bleibt tief unten und wehrt sich aus Leibeskräften, dann springt er, und eine Sekunde lang denkt Theo, es sei ein Frosch. Er hat so einen

Fisch noch nie gesehen. Verdammt nochmal! Das ist ein Ding! Der Fisch springt noch ein paarmal, und er sieht immer noch wie ein Frosch aus, aber er hat keine Beine. Allmählich wird er müde und gibt nach. Ein letzter Ruck, und dann hat Micky ihn. Eine Regenbogenforelle, grau-grün mit schwarzen Punkten auf einem Rücken, der wie ein Buckel aussieht, zappelt wild am Haken.

Richard, Mickys Vater, hilft ihm, das Metall behutsam aus dem Maul des Fisches zu lösen und das glitschige Tier vorsichtig in den Wassereimer zu bugsieren. Theo wäre viel aufgeregter gewesen, wenn ihm so ein Fang geglückt wäre. Aber die beiden Jungs sind fast jedes Wochenende hier draußen in der Wildnis, im Sommer wie Winter, für sie ist das nichts Ungewohntes. Sie können Spuren lesen, sie angeln und suchen Beeren und Pilze. Und manchmal dürfen sie sogar mit Nilos Bärentöter auf eine Zielscheibe schießen. Auch wenn sie in der Stadt wohnen, sind sie doch echte Waldkinder, die sich hier ohne Angst bewegen und alles kennen. Der See liegt im Südosten von Sudbury, eine Stunde Fahrt mit dem Pickup, dann erreicht man die Marina. Die Straße endet hier. Man steigt um, nimmt ein Kanu oder im Winter einen Motorschlitten.

*There is a town in north Ontario,/With dream comfort memory to spare,/And in my mind/I still need a place to go,/All my changes were there.*

Die Familie hat ein eigenes Motorboot, in das auch Theo und Lotte steigen. Sie haben heute Morgen das Camp direkt am Ufer bezogen. Jetzt fahren sie los. Theos Onkel Alfons, alle nennen ihn nur Al, will sie mit der Gegend vertraut machen. Der See ist lang und schmal; sie passieren kleine Inseln und halten Ausschau, ob Nachbarn ihre Fahne gehisst haben, denn dann ist jemand zu Hause. Zuerst machen sie Halt bei Joan und Willard. Die beiden kommen aus Omemee, einem kleinen verschlafenen Nest am Pigeon River, zwei Stunden nordwestlich von Toronto. Der Ort liegt am Trans-Canada Highway, Highway 7, aber deshalb kennt man ihn nicht. Berühmt ist er geworden, weil Neil Young dort aufgewachsen ist. Willard betrieb früher in Omemee einen Gemischtwarenladen, in dem man eigentlich alles kaufen konnte: Angelzubehör, Comics, Eiscreme und Jagdgewehre. Was man halt so zum Leben braucht. Neil war vier Jahre alt, als seine Eltern Scott und Rassy mit ihm und seinem älteren Bruder Bob nach Omamee zogen. Neils Vater, so erinnert sich Joan, war damals schon ein ziemlich bekannter Journalist und Autor, der vor allem Abenteuerromane und Sportgeschichten schrieb und später auch im kanadischen Fernsehen auftrat.

Die Youngs hatten ein Haus an der Hauptstraße, 33 King Street. Oben im Dachzimmer stand die Schreibmaschine von Scotty.

»Ich weiß das so genau, weil ich ihn öfter besucht habe und ihm seine Farbbänder vorbeibrachte«, sagt Joan. »Das war ein Riesending, eine alte Underwood, glaube ich.«

Sie geht zur Kommode im Wohnzimmer und kramt in einer Schublade. »Wo sind sie denn? Wartet, gleich habe ich sie. Yep! Hier sind sie.« Mit einem braunen Kuvert kommt sie an den Tisch zurück. »Das sind alte Fotos von Neil und seinem Bruder. Sie trafen sich oft mit unseren Söhnen zum Spielen. Seht her, das ist Neil mit seiner Angel auf der Brücke. Da muss er fünf Jahre alt gewesen sein.«

Willard lacht. »Ich kann mich gut an den Tag erinnern, als das Foto entstand. Neil kam zu mir in den Laden, mit einem Stecken, an den er eine Schnur gebunden hatte. Er löcherte mich so lange, bis ich einen Angelhaken an der Schnur befestigte. Dann ist er losgedüst, ein richtiger Bengel in zerrissenen Kniebundhosen, runter zum Fluss, wo seine Kumpel auf ihn warteten. Da waren auch Goof und Stretch dabei, das waren Nachbarskinder.« Willard holt in der Küche frisches Bier. »Ich nannte ihn nur Zeke, ein Spitzname. Ich weiß auch nicht, aber ich glaubte damals nicht, dass aus ihm der Junge werden könnte, der er heute ist.«

Joan unterbricht ihren Mann. »Ihr müsst euch vorstellen, dass das Leben in Omemee damals sehr einfach war. Die Kinder gingen in die

Schule. Das war's. Jeder kannte jeden. Es war nicht viel los. Ist es ja heute auch nicht. Alles sehr ruhig. Aber uns gefällt es. Nicht wahr, Willard?« Sie stupst ihren Mann an, der gar nicht anders kann, als zustimmend zu nicken. Dann zeigt er auf ein schon gelb verfärbtes Foto.

»Guckt mal, hier. Das ist auch Neil. Da hat er doch tatsächlich mit seiner kleinen Angel diesen riesigen Hecht aus dem Fluss geholt. Ich weiß bis heute nicht, wie er das geschafft hat. Der Kerl ist ja fast so groß wie der Junge. Einfach unglaublich.«

Joan nimmt ihm das Foto aus der Hand. »Oh ja, ich erinnere mich. Das stand sogar groß in der Zeitung. Mit diesem Foto. Das muss im Sommer 1950 gewesen sein. Ein Jahr bevor Neil diese furchtbare Krankheit bekommen hat.«

»Welche Krankheit?«, fragt Lotte.

»Kinderlähmung. Im Frühjahr 1951 brach die Krankheit aus. Einen Impfstoff gab es noch nicht.« Joan seufzt. »Es stand schlimm um den kleinen Kerl. Er war wirklich in Gefahr. Sie brachten ihn nach Toronto, ins Kinderkrankenhaus. Ich glaube, man hat ihn dort punktiert. Dann wussten sie es sicher. Alles wurde unter Quarantäne gestellt. Trotzdem hatte auch eines der Nachbarkinder Polio, einer der Söhne von Goddards. Es dauerte eine ganze Weile, bis die Behandlung anschlug und Neil wieder langsam laufen konnte.« Sie seufzt nochmals.

Willard verteilt Chips. »Ich weiß noch, wie er allmählich wieder auftauchte. Einmal kam ein Mann von außerhalb ins Dorf und sah ihn, wie er sich von Ecke zu Ecke hangelte. Er hatte Mitleid mit ihm und kaufte ihm ein Eis bei mir im Laden. Das war sehr nett. Zumal Neil ja irgendwie ständig krank war. Nach Polio kam Diphtherie, Masern und dann folgten irgendwann diese epileptischen Anfälle. Hatte sein Bruder Bob ja auch.« Er nimmt ein weiteres Foto vom Stapel und zeigt es Theo. »Hier siehst du die beiden. Rechts, der mit dem Gewehr, das ist Bob, und links, mit Pfeil und Bogen, das ist Neil.«

»Da ging es den beiden schon wieder ganz gut«, ergänzt Joan. »Seine Eltern hatten ihn für ein paar Monate mit nach Florida genommen, weil sie glaubten, dass ihm das Klima gut tun würde. Und das hat auch funktioniert.«

»Ich habe mal irgendwo gelesen«, sagt Theo, der Neil seit Kindertagen verehrt, »dass Neil die Zeit in Omemee als die schönste und wichtigste Zeit seines Lebens bezeichnet hat. Und das, obwohl er so viel mit Krankheiten zu kämpfen hatte …«

»Ich kann mir das schon vorstellen«, erwidert Joan. »Es ist ja eine idyllische Gegend, ideal für Kinder, die auf Abenteuer aus sind. Die alte Mühle am Teich, das Angeln am Fluss, die Jagd, das waren schon Sonnenjahre. In der Zeit entwickelte er auch seine Sammelleidenschaft, was Züge und Modelleisenbahnen betrifft. Sein Vater hatte ihm eine Platte gebaut, sie stand immer gegenüber von seinem Bett. Zudem war die Familie zu dieser Zeit noch komplett. Du weißt vielleicht nicht, dass sich seine Eltern scheiden ließen, kurz nachdem sie vom Omemee nach Pickering zogen. Das hat ihn schwer getroffen. Deshalb blieben die gemeinsamen Jahre so wichtig.«

Willard steht auf und zieht eine Platte raus. *Déjà vu.* »Hört euch mal den Text an.«

*Blue, blue windows behind the stars,/Yellow moon on the rise,/Big birds flying across the sky,/Throwing shadows on our eyes/Leave us/Helpless, helpless, helpless.*

»Wer Omemee kennt, denkt natürlich sofort an den Mühlteich, in dem sich der Vollmond spiegelt, an die Wildgänse, wenn sie nach Süden ziehen, und an diese unendliche Weite. Auch wenn Omemee natürlich nicht im nördlichen Teil von Ontario liegt, gibt es für mich überhaupt keinen Zweifel, dass er mit diesem Song seinen Heimatort besingt. Anyway«, er hebt die Bierdose, »jetzt seid ihr hier. Genießt das Land und habt eine gute Zeit.« Sie stoßen mit lauten Getöse und Prost an, so dass untergeht, was Willard noch murmelt: »Aber nehmt euch vor dem See in Acht!«

Dann brechen sie auf und fahren weiter zu Nilo, der sie schon auf dem Steg empfängt, die Leute aus der Marina haben ihn informiert. Ein bulliger Typ im grünen Overall, Bürstenhaarschnitt, herzliches Lachen. Kaum haben sie das Boot verlassen, drückt er ihnen auch schon ein Bier in die Hand, den Grill und die Sauna hat er bereits angeworfen. Und so landet Theo mit den anderen Männern in der Sauna, während die Frauen draußen Kaffee trinken und sich von Deutschland erzählen lassen. So geht das weiter für die nächsten zwei Stunden. Zwischen den Saunagängen Bier und Horseshoe-Pitching, bei dem Hufeisen über eine Entfernung von vierzig Fuß um einen in der Erde steckenden Stab geworfen werden. Anfangs stellt sich Theo zum Erstaunen aller sehr geschickt an, aber nach dem dritten Bier und der anschließenden Verdampfung in der Holzhütte wackeln ihm nicht nur die Knie.

Das Bier kommt eiskalt aus der Dose. Al hatte jeweils fünf Sixpacks *Molson Ex* und *Labatt Blue* in den Wagen gepackt, die Ration fürs Wochenende. Die Jungs hier sind starke Trinker, Holzfäller und Bergleute wie Theos Onkel, kräftige Männer mit viel Durst. Seit dem Zusammentreffen mit Nilo und seinen Freunden weiß Theo, dass sie es wie Wasser trinken, obwohl es genauso stark ist wie deutsches Bier. Im Liquor Store unweit der Jean Street, wo das kleine, hellblaue Holzhaus mit der weißen Veranda steht, in dem Al mit seiner Familie lebt, ließ er anschreiben, man kennt sich eben. Dann ging es noch zum deutschen Metzger, um für das Barbecue Steaks und Würstchen für die Kinder holen. Al und Jessie haben die ganze Familie eingeladen, um die Ankunft von Theo und Lotte zu feiern.

Robby und Mike brutzeln mittlerweile Marshmallows, während sich Richard um die Steaks kümmert. Richard arbeitet im Straßenbau und ist saisonbedingt ohne Job. Seine Frau Colette ist in einer Bank beschäftigt und bringt in der Zwischenzeit die Familie durch. Al macht das Sorgen, aber er weiß aus eigener Erfahrung, dass man in Kanada zupacken muss, um zu überleben. In den Vierzigerjahren, nach dem Ende des Krieges, hat er seine nahezu völlig zerstörte Geburtsstadt verlassen, weil es für junge Männer wie ihn keine Perspektive gab.

»Es sah furchtbar aus. Rund um den Bahnhof stand kein einziges Haus mehr, alles Ruinen, überall brannte es.« Al lehnt sich im Gartenstuhl zurück und blickt in den Himmel, als könne er dort die Bilder der Erinnerung abrufen.

»Aber warum wurde überhaupt bombardiert? Das war doch damals nur eine kleine, unbedeutende Stadt ...«, wirft Theo ein. Seine Großeltern hatten nie viel erzählt, als er sie nach jenen Jahren gefragt hatte. Von seinem Vater wusste er, dass sein Großvater in der Partei gewesen war. Deshalb stritten die beiden auch häufig. Theos Vater war Sozialdemokrat und verehrte Willy Brandt, den Opa nicht mochte. Mittlerweile waren beide tot, Theos Vater und Opa. Willy Brandt lebte noch.

»Das stimmt so nicht ganz, Theo«, entgegnet Al. »Die Stadt war ein Verkehrsknotenpunkt für den Nachschub. Hatte einen größeren Bahnhof. Und eine Fabrik für Sprengstoffe und Munition. Die Nazis hatten am Fuchsberg und in der Kunstmühle zwei Lager für Zwangsarbeiter eingerichtet, vor allem für ungarische und russische Kriegsgefangene, die in der Fabrik arbeiten mussten. Das war kriegswichtige Industrie. Und damit den Amerikanern ein Dorn im Auge. Deshalb haben sie die Stadt auch zweimal bombardiert.«

»Wie alt warst du damals, Al?«

Al lacht. »Ich war noch ein junger Bursche. Glücklicherweise, denn sonst hätten sie mich vielleicht zum Schluss noch in eine Uniform gesteckt. Meine Mutter war sehr besorgt, deshalb sind wir auch raus aufs Land zu den Verwandten und haben uns dort versteckt, bis alles vorüber war.«

»Dann habt ihr von den Angriffen gar nichts mitbekommen?«

»Nicht viel. Wir sahen aber die Bomber und den Rauch über der Stadt. Und meine Mutter, die immer mal wieder zu Fuß nachts in die Stadt ging, um in unserer Wohnung nach dem Rechten zu sehen, sie hat es uns dann erzählt. Von den Toten, die in den Trümmern lagen. War grauenhaft.« Al nimmt einen großen Schluck Bier, und Theo merkt, wie sehr in diese Geschichten noch verfolgen. »Zum Schluss war noch eine SS-Einheit in der Stadt. Die wollte sie bis zum letzten Mann verteidigen. Vielleicht so dreißig Mann. Junge und Alte sollten auch dazu gezwungen werden, aber die meisten hatten sich schon verkrümelt. Als einer die weiße Fahne hissen wollte, um die Stadt kampflos den Amerikanern zu übergeben, haben sie ihn angeblich vom Fenster des Rathauses runtergeschossen.« Er nimmt wieder einen großen Schluck. »Waren schlimme Zeiten damals.«

»Was hast du dann gemacht?«

»Wir hatten als junge Leute keine Arbeit. War ja alles kaputt. Ich bin dann mit ein paar Freunden ins Ruhrgebiet. Dort wurden Arbeiter in den Kohlengruben gesucht. Ein Jahr lang war ich in Essen im Bergbau, dann bin ich nach Kanada ausgewandert. Zuerst nach Timmins in eine Goldmine. Dann nach Niagara Falls, wo unter den Wasserfällen ein riesiger Tunnel gebaut wurde. Dort habe ich dann Jessie, deine Tante, kennengelernt und geheiratet. Dann kam ein Angebot von Falconbridge für Sudbury, Nickel, gutes Geld. Naja, seitdem sind wir hier. Und es geht uns gut.« Al deutet auf den See. »So etwas findest du nur hier.«

Theo weiß, dass Al zu jedem Klassentreffen und zu jeder Familienfeier nach Deutschland fährt. Auch wenn er ein echter Kanadier geworden ist, hängt er an seiner alten Heimat. Vor zehn Jahren ist er mit dem Fahrstuhl in der Zeche abgestürzt und hat sich den Rücken schwer verletzt. Seitdem ist er Frührentner. Er schläft auf einem Holzbrett, ist auch schon mehrfach operiert worden. Aber er ist noch immer bärenstark und kann heben wie kein zweiter. Täglich geht er zum Fitnesstraining, danach auf ein Bierchen in seinen Club, um mit den anderen Männern über Eishockey und Pferderennen zu diskutieren.

»Hey, Al, alles klar?« Theo, der mittlerweile wieder ins Wasser gesprungen ist, winkt ihm zu.

»Alles klar, Theo. Und bei dir? Lass dich bloß nicht von der Schlange fressen, die neben dir schwimmt.« Al lacht und deutet ins Wasser.

Scheiße, welche Schlange?, denkt sich Theo und schaut sich panisch um. Keine zwei Meter von ihm entfernt entdeckt er eine gelbgrün gestreifte Natter, die elegant durchs Wasser gleitet. Sie ist nur einen Arm lang, aber sie züngelt so eindrucksvoll, dass Theo der Schreck in die Glieder fährt. Als er wie wild zu paddeln anfängt, um sie zu verscheuchen und gleichzeitig dem Ufer ein Stück näher zu kommen, taucht sie beleidigt ab.

Einen weiteren Saunagang würde er nicht überleben. So entschließt sich Theo, zu einer der Inseln im See zu schwimmen. Lotte schnappt sich ein Boot und fährt neben ihm her. Das Wasser ist fast schwarz und die Strömung kalt.

»Ist schon ein wenig unheimlich.« Theo keucht bei jedem Zug. »Wer weiß, was noch alles im Wasser schwimmt.«

»Willst du lieber ins Boot kommen?«

»Nein, nein. Es geht schon. Hier gibt es viele Strömungen, ständig wechselt es von kalt auf warm und zurück.«

Theo schafft die Strecke zu der einige hundert Meter entfernt liegenden Insel nur mit Mühe und lässt sich erschöpft in den Sand fallen. Die anderen sind außer Sichtweite. Lotte hilft ihm, wieder zu Kräften zu kommen. Für den Rückweg nehmen sie das Boot.

Die Kinder stehen schon wieder am Steg. Robby hat einen Frosch am Haken und verwendet ihn als Köder. Es dauert keine fünf Minuten, und er hat einen fetten Barsch gefangen.

»Hey, schaut mal alle her! Der ist fast so groß wie ich.« Robby platzt fast vor Stolz.

Nilos Sohn Brian ist mit seiner Freundin Kim angekommen, wieder muss ein Sixpack zur Begrüßung dranglauben.

»Kommt ihr zum Essen? Die Steaks sind fertig.«

»Das sind keine Steaks«, flüstert Lotte Theo ins Ohr. »Das sind halbe Rinder. Wer soll das essen?«

»Das schaffst du schon. Hier ist eben alles ein bisschen größer. Die Landschaft, der Durst und auch die Steaks.« Theo grinst fröhlich in die Runde.

Nilo erzählt gerade eine wilde Geschichte, die sich am Trout Lake vor vielen Jahren abgespielt haben soll. Ein Ehepaar namens Campbell sei mit seinem Hund spurlos verschwunden, nachdem sie nach dem Essen noch mit dem Boot auf den See rausgefahren waren. Kurioserweise habe man nie ihre Leichen gefunden, und die Leute erzählten sich Geschichten von einem Monster, das im See wohne und mit seinen Krakenarmen nach Booten und Schwimmern greife und sie auf den Boden des Trout Lake hinabziehe.

»Nessie auf kanadisch, wie?«, meint Lotte.

Theo wird es nachträglich noch mulmig zumute, wenn er an seinen kleinen Ausflug über den See denkt. In alten Geschichten soll ja auch immer ein Körnchen Wahrheit stecken.

Mittlerweile ziehen leichte Nebelschwaden vom See hoch. Es ist spürbar kühler geworden.

Theo läuft zum Boot, weil er sein Sweatshirt dort vergessen hat, und verspürt plötzlich einen stechenden Schmerz im Fuß. Er schreit auf und setzt sich hin. Ein Tier krabbelt davon, offenbar ist er auf eine Hornisse oder ein ähnlich giftiges Insekt getreten. Der Fuß schwillt in Sekundenschnelle zu einem unförmigen Klumpen an, auch das Eis, das sie auf die Wunde legen, hilft nichts. Ihm wird schwindlig, Brian und Nilo legen ihn auf eine Bank. Theo beginnt zu fiebern. Er redet wirres Zeug, offenbar beschäftigt ihn die Geschichte über den See, die Nilo beim Essen erzählt hat. Anscheinend erlebt Theo seinen kleinen Ausflug zu der Insel nochmals, nur diesmal vor dem Hintergrund der Geschichte. Das Fieber steigt.

*Baby can you hear me now?/The chains are locked/and tied across the door,/Baby, sing with me somehow*

Al ist besorgt. Sie bringen Theo mit dem Boot zur Marina und dann mit dem Auto ins nächste Krankenhaus, wo man ihm ein Antibiotikum verabreicht. Die Temperatur sinkt, Theo sieht wieder klar und will gleich darauf ein Bier und dann schwimmen gehen.

## Wenn Tauben weinen

*Dig if you will the picture/Of you and I engaged in a kiss*

Es kam unerwartet. Sie kannten sich schon eine Weile. Er spielte mit ihrem Bruder Squash. Zoë sah er regelmäßig, wenn er seine Runden drehte, aber sie war nie allein. Mit ihren langen dunklen Locken und einem Blick, der jeden verwirren konnte, sah sie aus wie Monica Bellucci, die er seit *Lügen der Liebe* verehrte. Zoë stand eines Abends vor ihm, so als hätten beide auf diesen Augenblick gewartet. Als wäre die Zeit nun reif. Irgendetwas muss an diesem Tag anders gewesen sein, vielleicht war ein Stern verrutscht oder jemand hatte ihnen aus der Ferne Glück gewünscht. Sie legten einander die Finger auf die Lippen, sie wussten schon alles. Er durfte sie auf der Stelle entführen.

An Mailand, wo Monica lebte, würde er vorbei fahren und aus dem Fenster winken. Sein neuer Wagen war gerade aus Amerika eingetroffen, das erste Exemplar in der Stadt. Infernorot. Das fand er passend. Am liebsten wäre er mit ihr in einen erloschenen Vulkan geflogen und hätte die Elefanten trompeten lassen. Aber sie liebte das Meer und wollte es sehen. Er machte das Dach des Cabrios auf, um ihre Haare wehen zu lassen. Daraufhin setzte sie eine große Sonnenbrille und ein Kopftuch auf und streichelte zwischen München und Gardasee dreimal seine Hand. Was ihn entzückte. Alles lief gut, die ersten fünfhundert Kilometer verflogen, dann standen sie drei Stunden im Stau, weil auch alle Italiener ans Meer wollten. Ferienbeginn oder Muttertag. Mit letzter Kraft ins Hotel. Es war kein First-Class-Palais, kein Boy in Sicht und der Lift außer Betrieb, er musste die Koffer in den siebten Stock schleppen.

»Schatz, ich mache mich nur schnell frisch«, flötete sie, »dann bin ich gleich für dich da!« Sie lächelte verführerisch und verschwand für die nächsten zwei Stunden im Bad. Er hielt nur mit Mühe die Augen offen. Über die weibliche Definition von »gleich« wollte er in Ruhe nachdenken und streckte sich auf dem Bett aus. Sekunden später klappten seine Lider zu und verhinderten Schlimmeres.

Erst am nächsten Morgen wachte er wieder auf.

»Warum hast du mich nicht geweckt?«, fragte er vorwurfsvoll.

»Du hast so tief und fest geschlafen«, erwiderte sie. »Ich hätte dich vermutlich gar nicht wach gekriegt. Du warst völlig erschöpft. Wozu hätte ich dich wecken sollen?«

Roger murmelte etwas Unverständliches, in dem Worte wie »noch nie passiert« und »tut mir leid« vorkamen.

Zoë war praktisch veranlagt. Sie hatte einen Interviewtermin in Venedig ausgemacht. Für ein Literaturmagazin. Mit einer Dichterin, die dort auf einem Lyrikfestival auftrat. Auf dem Markusplatz, der mit roten Sitzen bestuhlt war und aussah, als hätte er die Windpocken. Roger begleitete sie zu dem Treffen und versprach ihr, ein paar Schnappschüsse zu machen. Sie saßen in Klappstühlen, die Dichterin hatte eine Art Turban auf und trug schwere Bergstiefel. Zoë hatte sich ein Aufnahmegerät ausgeborgt, Roger hatte es für ihren Kosmetikkoffer gehalten. Er war sich nicht sicher, ob es Zoës erstes Interview war. Zur Sicherheit hatte er Ersatzbatterien eingesteckt. Die Dichterin hatte sich zwei Kannen Tee bestellt und war vor allem entzückt.

»Willkommen in Italien, Patricia. Sie sind das erste Mal in Venedig?« Zoë hielt Patricia das Mikrofon mit dem blauen Bömmel direkt vor die Nase, aus der Ferne musste es wie ein riesiger Furunkel aussehen.

»Nein, wir waren schon mal hier. 1978 oder 1979, ich weiß es nicht mehr genau. Es war im September, und das Wetter war trüb. Damals hatte ich ein Interview mit Isabella Rossellini, wir fuhren Motorboot in der Lagune und ich hatte eine dicke Wollmütze auf und eine Klarinette in der Hand. Ich las Gedichte von Rimbaud und Baudelaire vor. Und machte dieses Interview. Seitdem war ich nicht wieder hier. Aber es ist großartig, zurück zu sein.« Roger fragte sich, wozu man eine Klarinette zu einem Gesprächstermin mitbringt, wenn es um Gedichte geht und man sowieso keine Klarinette spielen kann. Vielleicht war die Klarinette ein neues Signum des Post-Feminismus und er hatte es wieder mal nicht mitbekommen.

Zoë blieb dran. »Ich weiß, dass Sie vor einiger Zeit nach New York zurückgekehrt sind. Finden Sie die Stadt sehr verändert?« Roger war gespannt, wie sie den Bogen von der Urban-Soziologie hin zur Spoken Word Poetry der Amerikanerin hinkriegen würde. Aber Patricia schaukelte in ihrem Klappstuhl wie ein wonniges Baby und schlürfte laut ihren Tee. Jetzt pupste sie sogar. Und lächelte, während Roger nicht wusste, ob er sich vor Scham in der Lagune ertränken sollte.

»In gewisser Weise ist sie sehr ähnlich wie die, die ich in Erinnerung hatte. Es ist eine Stadt, die ich mag und die mich anzieht. Zu mir war sie immer freundlich. Das Leben in New York ist wie in einer großen Gemeinschaft. Ich finde die Stadt auch ziemlich sicher, trotz ihres schlechten Rufs. Und es gibt dort immer noch eine Menge Energie.«

Wenn Roger Energie hörte und nicht die Strompreise gemeint waren, sondern spirituelle Lockerungswellen, dann kräuselten sich seine Nackenhaare. Aber er wollte Zoë nicht blamieren und ging los, eine Tüte Taubenfutter zu kaufen.

Patricia dozierte weiter: »Aber nicht alles ist wie damals, und der auffälligste Unterschied kommt von der wirtschaftlichen Entwicklung in den letzten Jahren. Das ist die Seite, die ich nicht mag. Der

Wohlstand hat zu einem ungezügelten Anstieg der Lebenshaltungskosten geführt. Der Alptraum besteht in der aktuellen Belastung der Städte. Sie alle haben ein Zentrum, in dem es nur noch um Sicherheit und Tourismus geht. Aber New York ist eine große Stadt, und man kann sie nicht vollständig zerstören. Ich glaube, dass das Wesen der Stadt noch intakt ist.« Die Dichterin musste pinkeln, kein Wunder nach einer Kanne Blasentee. Roger blieb in Blicknähe und fütterte die Tauben. Einem kleinen Japaner, der vor ihm stand, legte er vorsichtig ein paar Körner auf die Halbglatze. Schon kam ein Schwarm angerauscht, der Japaner war begeistert und versuchte sich selbst zu fotografieren. Schöner als bei Hitchcock, dachte sich Roger und erwog, eine zweite Tüte zu erstehen.

Zoë zog alle Register. Sie wollte informiert und professionell wirken. »In diesen Tagen sind Sie in Venedig, um eine Lesung im Rahmen dieser Ausstellung auf der Piazza San Marco zu halten. Ihre Inspiration scheint immer noch zwischen Poesie und Gesang zu schwanken. Oder vielleicht ist es einfach nur genau die gleiche Sache?«

Patricia lächelte. Die Frage gefiel ihr. Auch wenn sie sie schon tausend Mal beantwortet hatte. Vielleicht gerade deshalb.

»Wenn ich Gedichte schreibe, versuche ich im Grunde, durch eine spezielle Sprache zu kommunizieren und bin dabei ständig auf der Suche nach einem inneren Rhythmus der Worte. Ich achte auf die Musikalität der Wörter. Meine Texte sind so geschrieben, dass ich sie singen kann. Die meisten meiner Gedichte sind in Wahrheit sehr dunkle Songs. Vielleicht kann ich gar nicht anders.«

Das vermutete Roger auch, obwohl er kein Wort verstand. Zoë nickte begeistert. Das Interview entwickelte sich prächtig. Zoë sah schon die Schlagzeile: *Patricia spricht mit den Menschen!* Großartig. Und weiter.

»Durch einen Song versuche ich, mit vielen Menschen zu kommunizieren, die sich dafür interessieren, was ich versuche zu sagen. Meistens improvisiere ich. Songs wie *Birdland* oder *Memento Mori* sind sehr nahe an poetischen Ausdrucksformen. *Because the Night* ist natürlich ein Lied. Ich finde es einfacher, Gedichte zu schreiben, denn wenn ich Songs schreibe, fühle ich eine große Verantwortung gegenüber den Menschen. Ein Song ist für alle bestimmt, die Poesie schreibt man nur für sich selbst und vielleicht für die wenigen Menschen, die wirklich interessiert sind. Wenn ich Gedichte schreibe, versuche ich, mein höchstes Niveau zu erreichen. Hier in Venedig bin ich in Begleitung von Oliver, er wird vor allem Songs mit der Akustikgitarre spielen. Aber nur, weil ich kein Italienisch spreche. Ich hoffe, es wird eine Art Zauber entstehen, trotz des Lärms, wenn ein Gedicht vor einem musikalischen Hintergrund rezitiert wird. Wir werden ein paar Ideen ausprobieren, wie zum Beispiel beim Gedicht von Ezra Pound über Venedig, um die Menschen mit einer akustischen Gitarre zu erreichen.« Roger war skeptisch. Pound statt Rock'n'Roll, er gab ihnen keine Chance.

»Was kann eine Lesung, was ein Rockkonzert nicht kann?« Patricia schürzte die Lippen, als wolle sie Zoë sagen: Nette Frage, Baby, aber du führst mich nicht aufs Glatteis. Zoë schaute wie die Unschuld vom Lande und nickte mit stoischer Beharrlichkeit bei jedem Wort, das Patricia in den venezianischen Sumpf fallen ließ.

»Was ich wirklich in jeder Aufführung versuche, ist, eine Kommunikation mit dem Publikum aufzubauen, Energie auszutauschen. Natürlich geht das im Rockkonzert leichter. Dichterlesungen sind ziemlich langweilig.« Roger, der gerade schon wieder eingenickt war, schreckte auf. Wie Recht sie hatte!

»Weil das Zuhören schwierig ist, versuche ich, die beiden Komponenten zu mischen. Aber meine Gedichte kommen immer aus dem Herzen. Ich fühle das Schweigen derer, die mich hören, sie konzentrieren sich auf meine Worte, ihren Sound und ihre tiefe Bedeutung, und manchmal sehe ich, dass Leute weinen, und ich begreife, dass wir alle die gleichen Gefühle zur gleichen Zeit haben. Dies ist ein ganz besonderer Moment.« Jetzt wurde es sogar Roger feierlich zumute, aber auch nur, weil ihn schon allein das Wort »weinen« zum Weinen brachte.

Patricia musste schon wieder pinkeln. Die zweite Kanne war leer. Sie stand auf, hielt aber nochmals inne.

»Es geht nicht nur darum, Lieder zu singen oder ein Gedicht zu lesen und dann nach Hause zu gehen, als gelte es, einen Job zu erledigen. Was ich suche, ist das Gefühl, dass alle etwas miteinander geteilt haben. Es geht nicht um Freizeitgestaltung, um eine gute Show. Ich will nicht nach Hause gehen und denken, ja, okay, sie haben bekommen, was sie wollten. Ich möchte, dass ich ihnen für die Nacht etwas zum Denken aufgebe. Damit sie sich um die Dinge kümmern, von denen sie betroffen sind. Wir alle haben etwas gehört.«

Zoë nickte und schaltete das Band ab. Roger stellte ihr einen Martini hin. »Grazie«, hauchte sie. »Wie lieb du dich um mich kümmerst. Ist es nicht zu langweilig für dich?«

»Nein, nein«, log Roger, »ich finde das alles sehr spannend. Und du machst es wirklich gut. Holst alles aus ihr raus. Läuft doch prima.« Er nickte etwas verkrampft. »Nur sollte man ihr vielleicht keinen Tee mehr geben. Dann wird das Interview zwei Stunden kürzer.«

Bevor Zoë antworten konnte, kam Patricia zurück. »Hast du noch Fragen?«

»Oh, ja, ein paar. Haben Sie noch Zeit?«

Patricia nickte und bat Roger um eine Zigarette. Der Nichtraucher schoss sofort los zum nächsten Kiosk. Zoë gab Gas.

»Sie waren auf besondere Weise mit Allen Ginsberg und William Burroughs verbunden. Sie haben Teile von *Howl* in *Peace And Noise* übergetragen und das ganze Album Burroughs gewidmet. Glauben Sie noch an die Aktualität ihres Denkens?«

»Absolut. Ich glaube, er meinte, dass wir alle etwas wert sind. Und dass wir immer vorhanden sein werden. Was zählt, ist, sich selbst zu achten und andere zu respektieren. Ich wollte William die Platte widmen, weil er genau an dem Tag, als wir mit den Aufnahmen fertig wurden, abgetreten ist. Er war ein wunderbarer Mensch und ein guter Freund. Er fehlt mir.«

»Sie haben so viele talentierte Menschen in ihrem Leben getroffen …« Roger meinte, Zoë seufzen gehört zu haben. Grundlos, wie er fand. Sie hatte ihn getroffen. Und Patricia!

»Oliver war vor vier Jahren für mich eine Entdeckung. Er ist ein großer Dichter, er ist jung und arbeitet an seinen Sachen. Ich schätze mich glücklich, seine Entwicklung verfolgen zu dürfen. Ich traf Michael Stipe, ein sensibler Mensch, ein lieber Freund. Und ich bewundere, was er macht. Und dann traf ich den Dalai Lama, der auch ein guter Mensch ist, nicht wahr?« Patricia lachte so laut, dass die Japaner herbeiströmten, weil sie glaubten, etwas Spektakuläres fotografieren zu können. »Leider habe ich auf diesem Weg auch viele Menschen in meiner Nähe verloren: Robert Mapplethorpe, Allen Ginsberg, William Burroughs, meinen Mann.«

»Was hat Ihnen, neben der Arbeit, geholfen, durch dunkle Zeiten zu kommen?«

»Freundschaft. Meine Kinder. Am Leben sein. Ich liebe das Leben. Denk an heute: Ich wache auf, bin in Venedig, gehe an das Grab von Ezra Pound, gehe in die Stadt. Das ist das Leben, einschließlich der Kriege in der Welt, in denen die Kinder an Hunger sterben. Ich weiß, es ist schwierig, eine Schwierigkeit ohne Ende, aber das Leben selbst ist eine tolle Sache, und wir müssen es atmen, schützen, dafür kämpfen – trotz aller Probleme. Man muss die Freude aus den guten Dingen nehmen.«

»Haben Sie im Laufe der Zeit eine Hülle um sich aufgebaut, die Sie schützt?«

»Ich würde sagen, nein. Ich habe meine Familie, meine Freunde, nicht mein ganzes Leben ist öffentlich. Ich führe ein normales Leben, nichts Besonderes. Wir leben in einem alten Haus mit einer Katze, einem Zaun und allem anderen. Ich mache das Abendessen für die Kinder. Wenn das Bad schmutzig ist, putze ich das Bad, und dann lese ich, höre John Coltrane und auch gerne Oper, Puccini, Beethoven. Ein einfaches und ruhiges Leben. Es ist großartig und nicht sehr verschieden von dem aller anderen. Es ist wie Venedig: Sieh diese schönen Kirchen und die Engel und diese wunderbare Architektur vor dem Hintergrund eines Himmelstraums – und dann die Wäsche, die in den Straßen hängt! Aber es ist notwendig. Das sind die zwei Seiten des Lebens: die Kunst, die göttliche, die mystische und spirituelle, und dann die Aufgaben wie Kochen und, ja, die Wäsche. So, meine Liebe, jetzt muss ich aber gehen. Es wird Zeit.« Patricia packte ihren Rucksack und die Zigaretten und war im Begriff aufzustehen.

Zoë wurde plötzlich nervös, sie hatte offenbar noch einiges auf dem Zettel. »Patricia, bitte noch eine letzte Frage: Würden Sie uns den Namen Ihres neuen Albums verraten?«

Patricia lachte kurz und stand auf. Sie schulterte ihren Rucksack. »Ich bin noch nicht sicher, aber ich denke, es wird *Gung Ho* heißen. Das ist ein Slang-Ausdruck und heißt so viel wie bereit zu sein, mit großer Begeisterung für etwas zu kämpfen. Es war wohl der Schlachtruf der Marines im Zweiten Weltkrieg, der anzeigt, dass sie den guten Kampf kämpfen wollen. Und das ist genauso, wie ich jetzt fühle. Ich fühle mich bereit, dieses Jahrhundert zu beenden und bin bereit, im Neuen zu kämpfen. Das ist der Geist des Albums.«

Sie winkte kurz und weg war sie. Zoë schaltete das Band ab und sank erschöpft in ihren Klappsessel zurück. Es begann zu tröpfeln und Roger warf den Rest des Futters unter die Tauben.

»Na, mein goldlockiger Jüngling, was steht auf dem Plan? Ich bin zu allen Schandtaten bereit.« Roger hatte keinen Plan. Aber Schandtaten klang erstmal gut. Darauf konnte man sich verständigen.

Er schlug vor, den Ausflug zu verlängern. Sie fuhren in die Gegend von Siena, wo Freunde ein Landhaus gemietet hatten. Bei der Zufahrt zum Haus, die über einen durch ständigen Regen tief ausgehöhlten Feldweg führte, riss er fast die Bodenwanne seines Cabrios auf. Sie mussten das Auto zum Haus schieben. Am nächsten Morgen, als sie vor dem Frühstück schwimmen gehen wollten, lag ein totes Wildschwein im Pool. Wildschweine sind eine Delikatesse der Gegend, pappardelle cinghial, Roger hätte die Sau aber lieber am Spieß oder feinsäuberlich portioniert auf seinem Teller gesehen und nicht als Schwimmhilfe für Frühaufsteher. Zoë schwor sich, niemals mehr im Morgengrauen aus dem Haus zu gehen.

Das traditionelle Pferderennen, den Palio auf der Piazza del Campo, verpassten sie um einen Tag, weil sich Roger im Datum geirrt hatte, und seine Hoffnung, Frau Nannini einmal in der Konditorei ihrer Eltern anzutreffen, erfüllte sich ebenfalls nicht, obwohl er dort täglich vorbei schaute. Es war wie verhext.

Also nahmen sie die Fähre und mieteten sich bei einer Freundin in Capoliveri auf Elba ein. Das Städtchen liegt wie ein Vogelnest auf einem Hügel und mutet mit seinen Mäuerchen und gepflasterten Gassen mittelalterlich an, auf der Piazza feierten die Bewohner mit Blasmusik und Tanz ihren Sommerausklang. Danach machten alle Kneipen und Restaurants zu, die Saison war vorbei. Auf der Rückfahrt war der botanische Garten von André Heller in Gardone nicht zugänglich, und die Villa Feltrinelli in Gargnano, in der einst Mussolini residierte, war jetzt ein Luxushotel, andere Preisklasse. Sie hatten die Empfehlung von Freunden, sich im Castel Pergine im Trentino einzumieten. Die Burg lag im Nebel, es war kalt und klamm, die Zimmer glichen Mönchszellen. So durfte dieser Trip nicht enden, und Roger war am Rande der Verzweiflung.

»Ich bringe dir kein Glück.« Zoë haderte mit sich und rieb sich die Hände, was sie immer tat, wenn sie nervös war.

»Unsinn. Das ist doch nicht deine Schuld. Dass die Italiener ihr Land nach den deutschen Schulferien schließen, damit konnte ja keiner rechnen.« Roger packte die Koffer und trug sie zum Auto. »Außerdem hattest du ja das Interview in Venedig. Das war doch wunderbar. Allein deshalb hat es sich schon gelohnt.«

»Ach ja, Venedig«, stöhnte sie. »Das hast du dir bestimmt auch anders vorgestellt. Die Stadt der Liebe! Das sollte man eigentlich genießen. Stattdessen musstest du meinen Assistenten spielen. Das war nicht okay von mir. Es tut mir leid.«

»Das muss dir nicht leid tun. Immerhin durfte ich die Tauben füttern.« Roger versuchte, sie aus ihrer Trübsal zu locken. Er hatte das Gefühl, dass sich da etwas bei ihr löste, was sich angestaut hatte und was jetzt in eine Richtung lief, die nichts Gutes verhieß und die er nicht wollte. Er nahm sie nochmals in den Arm, bevor sie ins Auto stiegen. Sie wirkte verkrampft und unglücklich. Als ob ihr eine Ahnung gekommen wäre, dass das, was sie getan hatte, das Falsche gewesen war. Und dass sie ihn damit unnötig belastete. Was er nicht so empfand, aber das spielte keine Rolle. Etwas war plötzlich anders geworden.

Die Heimfahrt im Regen verlief in gedrückter Stimmung. Seine Versuche, sie aufzuheitern, scheiterten. Sie merkte sein Bemühen, aber sie konnte nichts erwidern. Die meiste Zeit lehnte sie ihren Kopf ans Fenster und sah hinaus. Auch als die Sonne wieder schien, und sie am Brenner den obligatorischen Schinken-Käse-Toast zum Abschied von Italien aßen, blieb sie stumm. Es hatte sich ein Schatten über ihre Beziehung gelegt, ohne dass etwas Besonderes passiert wäre oder dass einer von ihnen das angestrebt hätte. Es war seltsam und es war traurig. Weil sie anscheinend nichts dagegen tun konnten. Als sie ankamen, küsste sie ihn nicht. Er wollte ihr Gepäck hochtragen, aber sie wehrte ab. Er sah den feuchten Glanz in ihren Augen. Es fiel ihm schwer, aber er riss sich zusammen, nickte nur und drehte sich um.

*You've got the butterflies all tied up / Don't make me chase you, even doves have pride*

# *Kalter Krieg*

Sie liegen zu viert im Straßengraben an der B 85. Die Autos fahren keine fünf Meter entfernt an ihnen vorbei, und Schröder denkt sich: »Scheiße, die sehen uns nicht mal! Während wir hier bis zur Nasenspitze im Schnee liegen und uns den Arsch abfrieren, sitzen die in ihren Kisten, Radio an und schön warm, und fahren einem Bier und einer Frau entgegen. Verdammt!« Er schiebt seine Panzerfaust zur Seite und dreht sich um. Wiese kauert schräg hinter ihm, eingemummt in seinen olivgrünen Parka, den Stahlhelm über die rot gefrorenen Ohren geschoben. Zwanzig Meter weiter, leicht versetzt, Lindner und Büttner hinter einer Schneewehe, kaum sichtbar, nur die schwarze Mündung eines G3 lugt aus dem meterhohen Weiß heraus. Seit knapp zwei Stunden sichern sie den Verkehr auf der Bundesstraße und sorgen dafür, dass keine fremden Mächte den deutschen Feierabend stören.

Schröder spürt das dünne Heftchen, das in der Seitentasche seiner Khakihose steckt: *Physik* von Aristoteles. Hat ihm ein Freund geschenkt: »Lies mal, dann weißt du, was dich erwartet.« Er denkt an sein Mädchen, langbeinig, schlank, wehende Mähne. Sie ist sechzehn, trägt das Kirchenblatt aus und besucht eine Mädchenschule. Um ein Haar hätte sie ihn zum jüngsten Vater der Stadt gemacht. Schröder war noch nicht ganz achtzehn und hatte keine Ahnung. Seine Eltern hatten ihm eine Broschüre in die Hand gedrückt: *Woher kommen die kleinen Jungen und Mädchen?* von Kurt Seelmann. Schröder verließ sich lieber auf die *St. Pauli Nachrichten* und das Geschwätz auf der Straße. Nicht zu ihrer beider Vorteil, denn ihre sorglose Entdeckungsreise brachte eines Tages einen positiven Befund. Schröder wartete vor der Praxis des Frauenarztes bis zur Gewissheit und malte sich auf der Heimfahrt aus, wie sein Studium perdu und er in Zukunft alleiniger Ernährer eines ganzen Geschlechts sein würde. Abends legten sie bei ihren Eltern die Beichte ab, Schröder zerschmiss vor Aufregung versehentlich eine chinesische Lampe, was die Gesamtlage nicht wesentlich verbesserte. Als er wieder zu Hause war und noch bevor er es seinen Eltern erzählen konnte, kam der Anruf. Falscher Alarm. Irgendwie auch schade.

»Ich komme mir ganz komisch vor, weil ich dir lauter erfreuliche Sachen schreibe und du vielleicht wieder Märsche machen musst. Hoffentlich kommst du am Wochenende heim. Ich kann es kaum erwarten.«

*Stillstand findet nicht statt, sondern nur Unveränderlichkeit.*

Gestern kam es im Fernsehen. Seit dem Zweiten Weltkrieg sei es nicht mehr so kalt gewesen, minus zwanzig Grad, vor allem im Norden Deutschlands sei das öffentliche Leben weitgehend zum Erliegen gekommen. Schon seit Wochen liege das Land unter einer geschlossenen Schneedecke; Eisstürme und dichtes Schneetreiben hätten Telefon- und Stromverbindungen unterbrochen und manche Ortschaft von der Außenwelt abgeschnitten. Gestelztes Wetterdeutsch. Schröder muss an das letzte Wochenende denken, als es auf den Straßen extrem glatt gewesen und er mit seinem kleinen Auto als erster einer Kolonne von vielleicht fünfzig Fahrzeugen über die spiegelglatte Bundesstraße Richtung Heimat gekrochen war, immer in der Angst, durch einen Fahrfehler ins Rutschen zu kommen und dadurch einen Auffahrunfall zu verursachen. Er bekam Schweißausbrüche, wenn er in den Rückspiegel schaute und eine lange Karawane mit kleinen, gelben Lichtern sah, die an seiner Stoßstange hing. War schon das Wetter beschissen genug. Musste ausgerechnet er, den eine weitere Woche sinnlosen Drills mürbe gemacht hatte, schon wieder an vorderster Front ran? Zu gerne hätte er sich zurückfallen lassen, aber da wollte keiner überholen, egal, wie langsam er fuhr. Alle scheuten das Risiko.

Als er noch einen Freund in seinem Dorf abliefern musste, ein ziemlicher Umweg in dieser verdammten Nacht, überquerten sie eine kleine Brücke über einem Bach. »Da liegt ja der Wagen des Pfarrers«, rief Schindler neben ihm. Es war keine Menschenseele zu sehen, wahrscheinlich war der Unfall schon vor einer Weile passiert. Sie fuhren weiter. Den Hügel hinauf zum Haus des Freundes schaffte es das Auto nicht, zu schwacher Motor, abgefahrene Reifen. Als Schindler ausstieg, um die letzten Schritte zu Fuß zu gehen, rutschte er sofort aus und fand keinen Stand, so glatt war es. Auf allen Vieren, die Tasche auf dem Rücken, kroch er nach Hause.

»Ich bin jetzt schon ein wenig traurig, dass du solange fort bist, denn obwohl das Wochenende sehr kurz war, war es doch sehr schön. Und du warst so unheimlich lieb zu mir. Tausend Küsse!«

*Man könnte nun die Frage aufwerfen, warum in der räumlichen Veränderung sowohl naturgemäß als wider die Natur Stillstände und Bewegungen stattfinden, in der anderen aber nicht.*

Die Kälte ist längst durch seine dünne Winteruniform gekrochen, ohne zwei zusätzliche lange Unterhosen wäre es überhaupt nicht auszuhalten. Dabei hasst er lange Unterhosen. Sie jucken. Seine Mutter hat ihm am letzten Wochenende warme Baumwollhosen mitgegeben, die vom Bund taugen überhaupt nichts. Ihre Ausrüstung ist ohnehin lausig; schon bei der Einkleidung, als sie stundenlang in ihren dünnen, dunkelblauen Trainingsanzügen draußen im Regen auf ihre Waffen und Uniformen warten mussten, hatte er sich eine leichte Lungenentzündung zugezogen.

»Hurra«, hatte er damals geschrien und ein bisschen Blut auf den Boden gespuckt, als ihn der Bataillonsarzt auf die Krankenstation einwies, »das ist doch mal ein Einstand.« Dabei hatte er gehofft, so schnell wie möglich wieder nach Hause zu kommen. Das konnte er sich gleich abschminken. Die Heimschläfer haben es gut, für die ändert sich nicht viel. Die gehen am Morgen zur Arbeit und am Abend wieder zu ihren Familien. Oder zu ihren Freundinnen. Schröder möchte auch gerne zu seiner Freundin, aber die Kaserne ist über zweihundert Kilometer von seinem Heimatort entfernt. Da schaut man nicht einfach mal um die Ecke.

»Heute Abend rufe ich deine Mutter an. Ihr wird es bestimmt genauso komisch vorkommen wie mir, dass du nicht heim kommst. Ich schreibe dir wahrscheinlich am Freitag wieder, so dass du noch bis zum Wochenende einen Brief hast. Bis dann und vergiss-mein-nicht!«

*Sollte es nun auch Entstehungen geben, die gewaltsam und nicht vom Schicksal verhängt den naturgemäßen entgegenstehen?*

Noch eine halbe Stunde, dann wird die Ablösung kommen. Hier kann man sich nicht mal eine Zigarette anzünden, um sich etwas aufzuwärmen, das würde in der Dunkelheit sofort auffallen. Schröder raucht nur selten, eigentlich nur um die Langeweile und die Kälte zu vertreiben. Bei Streifgängen zuweilen, aber das ist nicht ohne Risiko, wenn man vom Wachhabenden erwischt wird. Im Augenblick bleiben die Feldwebel zwar meist in der warmen Unterkunft, aber erst vor kurzem ist einer von der Nachbarstube in den Bau gegangen. Es gibt da einen hinterhältigen Fähnrich, der die Wachsoldaten immer wieder überraschen will, indem er Schlösser verdreht oder plötzlich aus der Dunkelheit auftaucht. Nicht ganz ungefährlich, denn schon einmal haben junge Rekruten einen Wachhabenden, der sich oben auf einem Munitionsbunker aufhielt und die Frischlinge zu provozieren suchte, einfach abgeschossen. Die Jungen waren nervös gewesen, in der Nacht hört man tausend Geräusche, ständig liegen einem die Vorgesetzten mit Terroristen-Alarm in den Ohren. Da knallen, gerade bei den Unerfahrenen, schon mal die Sicherungen durch. Auch Kühe von der benachbarten Weide haben bereits ins Gras beißen müssen. Viel Spaß hatten allerdings jene Kameraden, die zum wiederholten Male von einem Feldwebel getriezt worden waren. Bei einer Kontrolle, als dieser gerade vortäuschte, er würde über den Zaun steigen und aufs Kasernengelände eindringen, riefen sie ihn an und taten so, als würden sie ihn nicht erkennen. Einer hielt ihn, während er mittlerweile äußerst unbequem oben auf dem Stacheldrahtzaun saß, mit dem Gewehr in Schach, der andere holte, nicht allzu eilig, Verstärkung aus der Wachstube. Und so vergingen gut zwanzig Minuten, bis sich der Offizier aus seiner misslichen Lage befreien konnte. Den Soldaten war nichts vorzuwerfen, sie hatten ihre Aufgabe vorschriftsmäßig gelöst.

Schröder versucht sich abzulenken, damit die Zeit schneller vergeht. Und denkt an seine Freundin, die er am Wochenende wieder nicht sehen wird. Sie geht ja noch zur Schule, und er ist sich nicht sicher, ob nicht die anderen Jungs schon vor ihrer Tür stehen, kaum dass er in die Kaserne gefahren ist. Er macht sich Sorgen, sie kennen sich noch nicht so lange.

»Im Downstairs gestern und heute Abend in der Hofbräuschenke war es zwar ganz nett, aber nicht halb so schön wie mit dir. Ich hatte gar keine Lust mit jemandem zu flirten, denn ich habe gemerkt, dass du mir sehr fehlst.«

*Stünde nicht schlechthin Untergang dem Untergang entgegen, weil der eine so, der andere anders beschaffen ist?*

Vielleicht hätte er doch verweigern sollen, aber sein Vater ist erst kürzlich gestorben, und seine Mutter ist seitdem derart dünnhäutig, dass sie einen Prozess nicht durchgestanden hätte. Die Zeiten, wo man sich per Postkarte abgemeldet hat, sind vorbei. Andere sind cleverer gewesen als er; ihre Väter haben Beziehungen, und so schrieben die Doktoren Atteste. Welche Sportskanonen plötzlich untauglich waren, das war der reine Hohn.

Gestern Abend waren Wiese und er noch in den Amberger Stuben gewesen. Schnitzelessen und ein paar dunkle Biere. Anders sind die Tage nicht zu überstehen. Im Hintergrund sang die Climax Blues Band: *Time was drifting, this rock had got to roll/So I hit the road and made my getaway/Restless feeling, really got a hold/I started searching for a better way.* Ja, ja, *better way*, einfach gesagt. Erstmal hängen sie hier fest, fünfzehn Monate lang, in einem Nest in der Oberpfalz, »Moosbüffelland«, tiefer gelegt, reines Outback.

»Du bist ja jetzt wahrscheinlich schon in Grafenwöhr, und ich hoffe, dir geht es nicht so mies wie mir. Ich habe sehr starke Halsschmerzen und fühle mich krank. Gestern hat mich meine Mutter zum Frauenarzt mitgeschleppt. Ich war schrecklich aufgeregt, aber es war alles ok. Er hat mir die Pille verschrieben, worüber ich froh bin, aber zugleich habe ich etwas Angst, dass wir uns zu sehr daran gewöhnen. Denn ich muss nach einem halben Jahr wieder ein Vierteljahr aussetzen, so dass kein Risiko entsteht.«

*Es leidet aber einen Zweifel, ob alle Ruhe, die nicht immer ist, eine Entstehung hat, und zwar das sich Stellen.*

Und dann immer dieses beschissene Wetter. Gott hat es nicht gut mit ihnen gemeint. Kaum sind sie auf Manöver, fallen die Temperaturen oder der Himmel öffnet seine Schleusen. Als sie in Grafenwöhr Krieg spielen und ein Dorf besetzen, versinkt das Bataillon im Schlamm. Schröder hat Glück und darf im Gasthaus auf dem Flur schlafen. Am frühen Morgen steigen die Mädchen des Hauses über die Soldaten hinweg und fahren zur Arbeit.

Was tun sie hier eigentlich? Kurz geschoren, gelangweilt und allmählich verblödend. Die einzige Chance zu überleben, ist, das Ganze sportlich zu nehmen. Aber das ist unmöglich. Mit fünf stinkenden Männern auf einer Bude, mit hohem Testosteron- und Alkoholspiegel, dann die Abiturientenhatz durch ein paar uniformierte Wichtelmänner, die mit Strafexerzieren und anderem Unsinn ihren Frust abladen, es sind geistesferne Zeiten.

Vor ein paar Tagen wurden in ihrer Stube zwei Spinde aufgebrochen. Es war schnell klar, wer dahinter steckte. Schröder als Vertrauensmann der Mannschaften musste eine Aussage machen und nahm den Mann, der private Probleme hat, in Schutz. Anders die Truppe. Nach dem Stubendurchgang stand einer Schmiere, der Rest packte den Mann, zog ihn aus und schmierte ihn von Kopf bis Fuß mit schwarzer Schuhcreme ein. Er wehrte sich nicht.

»Schick mir deine Adresse in Wales. Ich schreibe dir dann vielleicht zweimal und am Schluss nach Amberg. Viel Spaß, treib es nicht so wild, denn das würde ich sofort spüren und es genauso machen. Vergiss mich nicht.«

*Allein das, was sich stellt, scheint stets schneller sich zu bewegen; das durch Gewalt aber im Gegenteil.*

Vor ein paar Wochen waren sie bei einem NATO-Manöver am Ärmelkanal. Ihr Barackenlager lag direkt auf den Klippen; auf dem Schießplatz versenkten sie die Schiffe am Horizont. An einem Abend wurden sie von den Dorfschönheiten versetzt, mit denen sie sich in einer Billardkneipe verabredet hatten; sie ertränkten ihren Kummer im Guinness und fanden danach nur schwer ins Lager zurück. Schröder fiel nach zwei Minuten betrunken aus seinem Stockbett. Um den Alkohol wieder los zu werden, rannte er im Schlafanzug so lange bei strömendem Regen auf dem Sportplatz im Kreis herum, bis er wieder nüchtern war. Der eiskalte Wind, der vom Meer durch die Ritzen ihrer Behausung wehte, erledigte den Rest. Am nächsten Morgen spuckte er wieder Blut und wurde ins Feldlazarett verlegt.

»Ich hoffe, ich lese auch bald von dir. Wolltest du mir nicht mal einen Brief in Versform schreiben? Ich erinnere mich an ein Versprechen beim Blues auf *Vienna* im Downstairs.«

*Darum ist auch vielmehr Bewegung der Bewegung entgegengesetzt, als Ruhe.*

Hoffentlich kommt die Ablösung bald. Jetzt hat es auch noch angefangen zu schneien. Nur wenige Autos passieren. Die Kälte frisst sich in die Knochen, der warme Tee in ihren Feldflaschen ist längst getrunken, und die Müdigkeit hat zuletzt jedes Gespräch erstickt. Schröders Gedanken wandern in die Nacht. Sollen sie nach Dienstschluss noch ins Engelchen auf ein Bier fahren oder gar in die Land-Disco, wo sich die Mädels für die Wehrpflichtigen nur selten interessieren und sich lieber von den amerikanischen GIs aushalten lassen? Einmal waren sie in einem Striplokal in der Nähe der Kaserne. Der Laden war menschenleer, nur ein Stammgast hockte in der Ecke vor seinem Bier. Notgedrungen mussten die Mädels Programm machen. Eine dicke Frau zog sich auf der Bühne halbnackt aus und stellte sich unter eine Laterne, dazu spielten sie Marlene Dietrichs Song. Es war bizarr. Selten hatte er so etwas Hilfloses gesehen. Sie bezahlten ihr Gedeck und verließen verwirrt das Etablissement.

Schröder muss daran denken, wie er als Schüler für das San Remo Pizza ausfuhr, in einem roten R4, vorzugsweise zu ungeliebten Lehrern oder in entfernte Weiler, die auf keiner Karte verzeichnet waren. Eines Tages ging eine Bestellung an ein anderes Lokal in der Nürnberger Straße. Schröder wunderte sich, der Pizzabäcker grinste und sagte nichts. Merkwürdig, die Tür zum Lokal war verschlossen, er fand nach einigem Suchen eine Klingel. Ein Fensterchen in der Tür ging auf, offenbar war das ein Club, Schröder sagte artig: »Pizzaservice«, die Tür öffnete sich, und ein Koloss packte ihn an der Schulter und zog ihn in einen spärlich beleuchteten Raum, in dessen Mitte ein Billardtisch stand. Der Duft von Frauen hing in der Luft. Rings um den Tisch, auf dem eine barbusige, mit roten Strapsen halb angezogene Frau lag, standen mehrere Männer, die ihn, als er schüchtern sein Anliegen vortrug, »Wer hat eine Pizza Regina mit Peperoni und Zwiebeln bestellt?« mit donnerndem Gelächter empfingen. Schröder war, das wurde ihm nun schlagartig bewusst, in einem Puff gelandet.

»Komm her, mein Kleiner«, sagte eine verlebt aussehende Frau, »hier hast du dein Geld. Du bist wohl neu bei Salvatore?«

Schröder nickte verlegen und machte sich, begleitet vom Hohn der männlichen Gäste, flugs aus dem Staub.

»Wenn wir das nächste Mal weggehen, wirst du abschnallen. Ich habe mir ganz schicke Stiefel gekauft. Bis übers Knie, schwarz, ziemlich hoher Absatz. Sie sehen wirklich heiß aus. Schreib mal wieder und lass es dir gut gehen. Schlimmer als Mathe und Physik kann deine Bereitschaft auch nicht sein.«

*Wie etwas bewegt wird wider die Natur, so kann auch etwas ruhen wider die Natur.*

Die Sicht wird durch das Schneetreiben immer schlechter. Wenn es so weiter geht, wird Alarm ausgelöst werden. Falls keine Sichtverbindung zwischen den Wachtürmen des Munitionsdepots in Hemau herzustellen ist, müssen Soldaten aus Amberg und Kümmersbruck die Wachmannschaften verstärken. An Hemau hat Schröder unangenehme Erinnerungen, weil er einmal bei einer Übung beim Durchschreiten des Geländes seine Truppe verloren und erst spät den Weg zum Lager zurück gefunden hatte. Ihm ist mulmig zumute gewesen, da dort erst vor kurzem ein angetrunkener Soldat auf tragische Weise ums Leben gekommen war. Er war zum MG-Nest am Eingang des

Lagers geschlichen und hatte die Wachsoldaten mit »gezieltem Zeigefinger« und dem Ruf »Hände hoch! RAF!« erschreckt. Derart alarmiert hatte sich der Diensthabende umgedreht, das MG herumgerissen und eine Salve auf den Witzbold losgelassen. Als Schröder zum Lager zurückgefunden hatte, hob er sein Gewehr gut sichtbar über den Kopf, rief die Wache an und lief mit erhobenen Händen zum Tor, um nicht erschossen zu werden. Es ging alles gut, der Kompaniechef spielte den Vorfall herunter, denn das hätte natürlich so nie passieren dürfen.

»Es tut mir leid, dass ich erst so spät schreibe, aber ich hatte in dieser Woche noch keine Zeit dazu. Es gibt auch nichts Aufregendes zu erzählen. Ich rufe dich am Wochenende mal an.«

*Über Bewegung und Ruhe nun (...) ist gesprochen worden.*

Es raschelt hinter ihnen im Gebüsch. Zwei Schatten lösen sich im Schein einer Taschenlampe aus der Dunkelheit, ein »Halt, wer da?« und das Kennwort zischen durch die Nacht, ihre Ablösung ist gekommen. *But I kept on looking for a sign/In the middle of the night/But I couldn't see the light/No I couldn't see the light ...*

# Murr

Fritz steht unter Schock. Das Auto auf dem Dach quer zur Fahrbahn, überall liegen seine Sachen herum, Splitter und Fahrzeugteile, und Murr ist weg. Das hintere Fenster ist zerborsten, Ausflugsloch, ab in die Freiheit. Wie ist das möglich? Keine Blutspuren, nichts. Im Korb liegen Scherben, Metallspreißel. Dieser Kater ist zwar ein wahres Genie, aber ist er auch ein Yogi, der sich durch einen scharfkantigen Glaskranz winden kann? Die Autobahn ist blockiert. Bitte umfahren Sie weiträumig, die Umleitung ist beschildert. Fritz wiederholt und steht mittendrin. Er ist die Ursache. Habe die Ehre, gnädige Frau. Bei Möhrendorf also sind wir gelandet, schöner Flug, vielleicht etwas kurz, aber immerhin.

Mag Murr mit seinem schwärmerischen Appetit auch Karotten oder warum hat er sich gerade hier zu Wort gemeldet? Bitte keine Kalauer, das ist nicht der Ort dafür. Hier einfach auszusteigen, das geht zu weit. Er ist noch zu jung für solche Eskapaden, auch fehlt es ihm an höherer Bildung. Dem kleinen Strolch.

Ein Polizist nimmt ihn am Arm, ambulante Hilfe, Schnellkurs in Gehirnturbulenzen.

»Sehen Sie meinen Finger?«

»Hören Sie, ich habe Abitur!«

»Das heißt gar nichts.«

»Wo ist Murr?«

»Das wissen wir nicht. Was ist passiert?«

»Da war so ein braunes Tier, ich weiß es nicht.« Igel, Hase, Bär und Maus, würde jetzt Nele sagen. Es ging so schnell und doch langsam. Ein Huschen, die Schrecksekunde, die zweite Hand, die Murr beruhigen sollte, suchte das Lenkrad, verriss. Vier kleine Räder und ein schwarzes Dach testeten das physikalische Kräftespiel. Ein Leichtgewicht, dieser R4, postfarben und randvoll bepackt.

Es ist Semesterende, im Auto lagert sein ganzer Besitz. Vor allem Bücher und Schallplatten. Oh ja, er ist ein Sammler, Erstausgaben und seltene Pressungen, Vinyl im Endstadium. Ein hoffnungsloser Fall. Lieber nur Butterbrote den ganzen Monat, als dass er auf ein Schnäppchen verzichtet. Geschmack ist das eine, Vollständigkeit das andere. Das muss man mal so deutlich sagen. Exzess am Wühltisch, Trüffelschwein und Kennermiene, es gibt schlimmere Laster, findet Fritz. Bei Radio Riemer fing es an. Der hatte Telefonhäuschen im Laden, in denen man Platten hören konnte. Hier wurde nie geklaut, das war Einzelhandel. Wenn, selten genug, dann bei HERTIE oder später beim WOM in München. Zuviel Adrenalinverbrauch. Dann lieber auf den Flohmärkten in aller Herrgottsfrüh. Oder kistenweise bei Haushaltsauflösungen. Nehmen Sie den Schund gleich mit, ich bin froh, wenn er weg ist. Kein schwarzes Gold, keine Kapitalanlage. Sondern fette Beute! Raritäten, Sonderpressungen, Angebot und Nachfrage. Man ist ja kein Snob. Vielleicht etwas krankhaft fixiert. Als Belohnung Erweckungserlebnisse. Die Nacht mit einer bestimmten Platte. Einer besonderen, so nie gehörten. Der Beginn einer neuen Zeitrechnung. Oder ähnlich tief empfunden. Später selten revidiert, die Treue gehalten. Und gepflegt und mit Sorgfalt behandelt gegen dieses Knistern, Kratzen und Knacken. Gegen die Verbiegungen. Die abgeplatzten Ecken. Die verknitterten Hüllen. Die aufgeplatzten Cover. Beschriftet, beschmiert, verschmutzt. Verlorengegangen. Alles so empfindlich! Der ewige Kampf gegen Wärme, Staub, Feuchtigkeit. Und dann die Lagerung. Fritz musste zwar nicht die Statik seiner

Wohnung vor dem Einzug prüfen – aber was macht man mit ein paar tausend Alben? Regale kaufen zur senkrechten, fachgerechten Lagerung. Nach Größe und Alphabet geordnet. Nicht zu dicht! Trotzdem gab es immer Platzprobleme. Man musste sich trennen. Verschenken oder verkaufen. Aber nie verleihen! Bloß nicht. Bekam man sowieso nie zurück. Höchstens in einem Zustand, als wäre darauf gefrühstückt worden. *Sticky Fingers*. Die spiralförmigen Rillen ausgefräst, als wäre einer mit dem Schneepflug durchgefahren. Unersetzlich. Selbst bei Ersatz. Da nützt auch die Reinigung mit Wasser oder Öl nichts. Unwiederbringlich verloren. Ein Sakrileg. Ein Verstoß gegen die Leidenschaft. Gegen die Sammlerehre. Gegen die Humanität.

Wobei die Zeiten sowieso schlechter geworden sind. Früher gab es Leute, die einen großen Roman nach dem anderen geschrieben haben. Oder die Sache mit den Konzeptalben, da gab es kaum Ausfälle, das war rund. Heute zählt nur die Hitkanone, ansonsten Füllmaterial und Selbstplagiat. Diese ganze NDW-Scheiße, Katzenmusik, einfach unterirdisch. Spliff, die alte Band von Nina Hagen, die findet Fritz noch ganz gut, auch ein paar Sachen von den Strassenjungs, Ideal, Interzone. Und natürlich Fehlfarben: *Keine Atempause, Geschichte wird gemacht, es geht voran!/Spacelabs fallen auf Inseln, Vergessen macht sich breit*. Ja, genau, alles zum Vergessen. Jetzt liegen die schwarzen Scheiben auf der Fahrbahn, nichts geht mehr voran, Scherbengericht. Alles kaputt, kein Schadensgegner, Fritz wird bluten müssen. Vor ein paar Minuten noch ist er geflogen, in Zeitlupe mit zwei Rädern die Leitplanke hoch, dann den Salto Suizidale mit eineinhalbfacher Schraube, fast olympiareif.

Bruchlandung, auf dem Faltdach dreißig Meter gerutscht, laufender Motor. Keine Chance aus dem Gurt rauszukommen, kopfüber: *Der Rote Hugo hängt tot am Seil,/die Leiche stinkt nach Shit*. Ganz so weit sind wir noch nicht, aber leider läuft Benzin aus.

»Bitte stellen Sie jetzt das Rauchen ein!«

»Willkommen an Bord, würden Sie mich bitte rausschneiden?«

Zwei Autos blockieren die Fahrbahn, ein Mann zieht ihn mit Mühe aus dem Wagen. Zum Glück rast keiner in die Unfallstelle. Alles soweit in Ordnung. Nur Murr ist weg! Murr mit den grasgrünen Augen! Das gibt es doch nicht.

Luisa wird ihn vermissen, sie ist tierlieb. Fritz hatte bei ihr übernachtet und Murr, den artigen Kuschler, mit Mühe zum Zusehen verurteilt. Am Morgen bei Sonnenschein noch die paar Kilometer nach Hause zu rutschen, das schien kein Problem zu sein. Es kam anders.

Die Karre ist hinüber, Schrottwert. Scheiß auf die Platten, ihm blutet das Herz, er sucht Murr am Straßenrand. Zwei Hünen schleppen ihn weg und schnallen ihn auf der Trage fest.

»Bin ich irre?«

»Das ist alles nur zu Ihrem Wohl.«

Und Tür zu, Licht an und Abfahrt. Ihm geistert noch der Überschlag durch den Kopf, geraffte Bilder, unwirklich bis zur Lächerlichkeit.

Er erinnert sich an einen Unfall, als an einer Ampel der Wagen vor ihm bei Gelb eine Vollbremsung machte. Fritz wollte gerade nochmals Gas geben, hatte zu geringen Abstand und fuhr auf. Der Frau im Wagen vor ihm flog die Perücke in die Luft. Dieses Bild war ihm der Schaden wert.

Im Hospital schauen sie in seinen Kopf und finden nichts. Das beunruhigt ihn. Ein paar Narben an den Armen und Beinen werden bleiben, so what.

Luisa holt ihn ab, sie fahren zurück zur Unfallstelle, um Murr zu suchen. Standstreifen, Warnblinkanlage. Hier sieht inzwischen alles so aus wie vorher. Als wäre hier nicht vor ein paar Stunden ein Unfall passiert. Wo sind seine Platten, wo sind die Bücher? Luisa meint, dass alles kaputt war und zusammengekehrt wurde. Na dann Servus.

Die Autos sausen vorbei, pfeifender Dauerlärm. Trotzdem glaubt Fritz, Murr fiepen zu hören. Er kennt diesen somnambulen Zustand, in dem sein Kater zuweilen sanft vor sich hinschlummert und träumt. Manchmal ächzt und stöhnt er dabei so laut, dass Fritz sich fragt, wovon dieser poetisch veranlagte Kater gerade träumt.

Seit einer Stunde durchkämmen sie jetzt schon die unmittelbare Umgebung, nichts. Als Fritz zum zehnten Mal unter einen Busch schaut, der keine zehn Meter von der Unfallstelle entfernt ist, sieht er Murr. Verängstigt, hungrig. Er schmiegt sich an Fritz und leckt ihm die Finger ab. Sie haben Milch und Brekkies dabei, es geht voran.

# Über die Grenze

»Ich hasse Dunkeldeutschland. Wenn ich nur an das Rumpeln auf der alten Reichsautobahn denke, auf der der Adolf seine Panzer nach Polen geschickt hat. Darrumm, Darrumm, Darrumm – nach jeder verdammten Betonplatte holpert es, dass man nur beten kann, dass nicht kurz vor Berlin noch die Achse bricht.« Ingo reicht Mücke die Kippe weiter und kramt nach der Feldflasche hinter den Sitzen.

»Wenn du da ne Panne hast, haste eh schon verloren. Ohne Standstreifen ist das Harakiri. Und wenn du es noch auf einen Parkplatz schaffst, dann schnappt dich gleich die Stasi, weil sie denken, du schmuggelst und willst an die Zonis verkaufen.«

Wolle meldet sich aus dem Dunkel der Hinterbank. »Hey, Mücke, wie lange ist es noch bis zur Grenze? Müssten wir nicht bald da sein?«

»Gemach, gemach. Ein alter Mann ist kein D-Zug. Halbe Stunde, dann verlassen wir die Zivilisation. Kannst du es schon nicht mehr erwarten?«

»Doch. Ich denke nur, wir müssen vorher noch mal anhalten und die Zeitungen und Flaschen besser verstauen. Sonst filzen die uns bis auf die Unterhosen. Paul, nun wach doch mal auf.« Er schüttelt seinen Nebenmann am Arm. »Der Kerl hat die Ruhe weg. Paul! Wir sind gleich da!«

»Was ist los?« Ein rötlicher Vollbart in einem Sommersprossengesicht schält sich aus den Tiefen eines olivgrünen Bundeswehrparkas. »Sind wir schon durch? Ich habe gar nichts mitbekommen.« Schlaftrunken reibt er sich die Augen und findet allmählich ins Leben zurück.

»Nein, Blödsinn, wir sind noch nicht mal über die Grenze. Aber bald. Gib mal den *SPIEGEL* her, den müssen wir verstecken.« Wolle nimmt Paul die Zeitschrift aus der Hand, eine Seite ist aufgeschlagen. Wolle liest laut vor: »Hört mal her. *Wir hatten nie Probleme durch Überfluss. Eine Reportage über Architektur und Städtebau in der DDR. Zitiert nach Professor Walter Nitsch, Stadtarchitekt von Erfurt.* Ist das nicht herrlich?« Wolle haut sich vor Lachen auf die Schenkel. »Die Jungs hier sind schon große Klasse. Man kann die Dinge eben immer von zwei Seiten betrachten. Alles nur eine Frage der korrekten Wahrnehmung.«

»Jawoll«, schnarrt Paul, der jetzt ganz wach ist. »Und stets im Dienste der arbeitenden Klasse.«

Mittlerweile sind sie am Grenzübergang Rudolphstein angekommen, unverwechselbar mit diesem seltsamen Betonriegel, der über der Fahrbahn schwebt und ein Restaurant beherbergt.

»Oh, das gastronomische Damoklesschwert!«

»Wieso? Warst du da schon mal essen?« Wolle kichert.

»Letzte Chance, Abfahrt Freiheit, meine Herren. Jetzt können wir es uns noch mal überlegen.«

»Nix da. Vollgas in das Land, wo die Stachelbeeren blühen. Ich freue mich schon.«

Von der ersten Kontrolle werden sie durchgewunken.

»Jetzt haltet die Klappe! Nehmt lieber eure Pässe in die Hand.« Mücke fährt vorsichtig auf den Sektor mit den Abfertigungsbaracken zu. Es erstaunt ihn immer wieder, wie hässlich diese Grenzstation ist. Nichts als grauer Beton. Und graue Menschen in grauen Uniformen. Als wolle man auf keinen Fall die Überlegenheit des sozialistischen Systems demonstrieren. Dazu Stacheldraht, Wachtürme, Zäune. Wachen mit Gewehren und Hunden. Alle Gehäuse wirken schäbig und heruntergekommen. Nirgendwo freundliche

Anbauten. Kein bisschen Werbung für die politische Alternative. Vielleicht glauben sie selbst nicht daran.

»Papiere!« Grußlos, zackige Handbewegung einer feldgrauen Uniform mit Kragenspiegel, Ärmelplatten und Schirmmütze. Irgendwelche Abzeichen und Kordeln auf der Brust. »Wo wollen Sie hin?«

»Nach Berlin.«

»Und was wollen Sie dort?«

»Freunde besuchen.«

Betont langsam blättert der Beamte in ihren Ausweisen, schaut immer mal wieder, eine Stablampe in das Innere des Wagens haltend, vergleichend in ihre Gesichter. Währenddessen läuft ein anderer Soldat rund ums Auto, bückt sich, klopft gegen das Blech. Dann geht er zu seinem Kollegen und gibt ihm einen kurzen Hinweis.

»Fahren Sie mal raus aus der Schlange! Und halten Sie da drüben.« Der Grenzer steckt ihre Pässe ein und deutet auf eine freie Betonfläche vor ihrem Wagen.

»Scheiße! Das darf doch nicht wahr sein. Jetzt wollen sie es aber genau wissen.« Mücke folgt fluchend den Anweisungen des Beamten und parkt den Wagen auf einem Nebenstreifen.

»Alle aussteigen! Und ein bisschen flott, wenn ich bitten darf!« Mit verächtlichem Tonfall dirigiert der Grenzer die vier Freunde auf einen Platz in unmittelbarer Nähe ihres Wagens. »Warten Sie hier!«

Er übergibt die Papiere an seinen Kollegen, der in der Kontrollstation verschwindet. Zwei andere Grenzer, einer mit Schäferhund, treten hinzu.

»Sie sind der Fahrer?«, knurrt der Beamte Mücke feindselig an. Als der nickt, fordert er ihn auf: »Alle Türen öffnen. Auch die Motorhaube und den Kofferraum. Und dann stellen Sie ihr Gepäck neben den Wagen!«

Die Freunde sehen sich missmutig an, aber was können sie schon tun. Sie stellen sich so gut es geht unter das schmale Dach der Abfertigungshalle. Der schneidend kalte Ostwind pfeift um die Ecken und fährt ihnen in die Knochen. Nun gilt es, mit den Kräften hauszuhalten. Hier wird das Nichts fühlbar. Sie können sich nicht verstecken. Alle Anstrengungen müssen darauf zielen, die Schikanen zu erdulden und diese Verrücktheit zu überstehen.

»Wem gehört der schwarze Koffer?« Ingo meldet sich.

»Öffnen!«

»Das kann doch jetzt nicht Ihr Ernst sein? Dann wird doch alles nass und fliegt davon.«

Der Beamte tritt einen Schritt auf Ingo zu. »Wenn Sie sich weigern, dann werden wir den Koffer öffnen.«

»Ich bin dem Leben etwas schuldig«, murmelt Ingo und klappt die Scharniere auf.

Der Beamte fährt mit groben Händen in die Wäsche, durchwühlt den Inhalt, sucht offenbar nach einem doppelten Boden, den er nicht findet, weil es ihn nicht gibt. Ärgerlich schiebt er den Koffer beiseite. »So wie Sie aussehen, haben Sie bestimmt Drogen dabei. Unser Hund hat angeschlagen. Rücken Sie sie freiwillig heraus, sonst zerlegen wir das Auto in seine Einzelteile.«

Sie sehen sich an. Keiner weiß, ob nicht doch einer von ihnen ein Piece dabei hat. »Können wir uns kurz besprechen?«

Der Beamte nickt.

»Die sind wie eine Wand, an die wir stoßen, an der wir scheitern werden.« Paul schaut jeden eindringlich an. »Die sind durch uns nicht zu verändern, sondern nur zur Klarheit zu bringen. Also, ehrlich, hat einer von euch was dabei?« Sie zucken die Schultern, schütteln die Köpfe.

»Hey, Leute! Ich habe keine Lust auf den Knast hier. Das ist kein Spaß mehr. Also, jetzt oder nie?«

»Nur weil dieser Arsch von seinem Hund faselt, können wir nicht etwas erfinden, was es nicht gibt.« Mücke tritt nervös auf der Stelle. »Ich jedenfalls entschließe mich für diese Möglichkeit und tilge die andere.«

Paul schaut nochmals in die Runde. »Okay. Dann bleibt es dabei. Sollte das schief gehen, müssen wir alle die Konsequenzen tragen. Das könnte bitter werden, das wisst ihr …«

Die Jungs fürchten die Soldaten, ihre strengen Mienen, die gebellten Anweisungen, mit denen sie demütigen und einschüchtern wollen. Jeder kann sich vorstellen, was nun folgen wird.

»Das haben Sie sich sicherlich gut überlegt.« Der Offizier grinst höhnisch. »Sie wollen es also nicht anders. Gut! Wir werden ja sehen.«

Die grauen Männer filzen das Auto, durchsuchen jedes Gepäckstück, beschlagnahmen Zeitschriften und sonstiges »Propagandamaterial«. Sonst finden sie nichts. Nach drei Stunden dürfen die Jungs weiterfahren, Hass auf beiden Seiten, »Fuck you!« leise hinterher gemurmelt.

In den nächsten Stunden halten sie nicht mehr an. Die wenigen Häuser mit ihren schwarzen Schieferdächern in den Niederungen der Saale und in den Höhen des Frankenwaldes ziehen ebenso an ihnen vorbei wie die hässlichen Mitropas, die schier endlosen Ackerflächen der Kombinate mit ihren Silos, die rauchenden Schlote von Bitterfeld und Leuna, schemenhaft am Horizont, Elaste und Plaste aus Schkopau und die lahmen Trabbis und Wartburgs, grau und blaugrau und irgendwie schmutzig und verdreckt wie die Luft und das ganze Land hier. Das ist eine andere Welt mit anderen Gesetzen. Und vielen Schlaglöchern. Da nützt es auch nichts, wenn kurz vor dem Grenzübertritt ein Schild mahnt: »Bitte vergessen Sie nicht. Sie fahren weiter durch Deutschland.« Das mag man schon nach wenigen Metern nicht mehr glauben.

Endlich erreichen sie Berlin, die Stadt auf der Insel. Es regnet und weht heftig durch die Straßen, ein unwürdiger Empfang. Sie können im Übungsraum einer Band übernachten, dessen Wände komplett mit Eierkartons gedämmt sind. Sie legen ihre Schlafsäcke auf ein paar schäbige Matratzen; seltsame Graffitis, die irgendjemand an die Wände und an die Decke gesprüht hat, begleiten sie in ihren Träumen. Als Paul am nächsten Morgen die schweren Lider hebt, um langsam den Tag zu begrüßen, stößt er einen gellenden Schrei aus.

»Scheiße, was ist los, Mann?« Alle fahren erschrocken hoch und fallen wie schwere Kiesel aus der sicheren Hand des Hypnos.

Paul, der auf dem Bauch geschlafen und diese Lage noch nicht verlassen hat, starrt mit verzerrtem Gesicht vor sich hin, als würde er in den Abgrund des Todes schauen.

Ingo fängt sich als erster und lacht. »Das ist doch nur eine Schlange!«

Direkt vor Pauls Kopf steht am Boden ein kleines Terrarium, das er in der Nacht, als sie hier ankamen, gar nicht bemerkt hat. Zu erschöpft war er gewesen, gleich weggeknackt. Und nun am Morgen der erste Blick in den Schlund einer Natter, die keine dreißig Zentimeter von seinem Kopf entfernt ihr grässliches Maul aufsperrt. Das muss man erstmal verdauen. Auch das Gelächter der anderen. Weiße Signale des Wahnsinns, denkt Paul und legt den Kopf wieder flach und lauscht der Musik, die aus dem Radio kommt. *I can sleep it off,/Sleep it back to sleep,/I can be most anything I want./ A long way from the shade,/The north side of the moon./Down here only rich men lose their shirts.*

Mücke überlegt seit einer Weile, in Berlin zu studieren, Theaterwissenschaft vielleicht. Zu seiner Überraschung liegt das Institut in einer vornehmen Wohngegend, eine Villa mit schönem Garten, Fahrräder vor der Tür, der Putz an den Stiegen vor dem Haus bröckelt, an den Wänden viele bunte Zettel mit Seminarangeboten und Mietgesuchen. Nur keine Sprechstunde. Das Haus wirkt wie eine Mischung aus Wohnküche und Labor; das hat etwas Romantisches, offen Studentisches, und gefällt ihm gut.

Eine junge Frau mit krausem Haar und roten Schlabberhosen steht plötzlich neben ihm am Brett.

»Kann ich dir helfen?«

»Ach, ich weiß nicht. Ich will mich nur mal informieren, was hier so läuft.«

»Verstehe.« Sie kramt in ihrer Jutetasche. Holt schließlich Stift und Block heraus und beginnt, Prüfungstermine zu notieren.

Mücke zeigt sich ahnungslos und schüchtern. »Was macht ihr denn hier so?«

»Ach, vor allem viel politisches Theater. Brecht, Weiss, Müller und so was. Das liegt am Chef, der mag keinen artifiziellen Firlefanz.«

»Interessant. Du bist wahrscheinlich schon lange hier?«

Sie blickt ihn kurz an und lächelt. »Hier bleiben fast alle lange. Wer hier einsteigt, der engagiert sich auch. Ist wie ne große Familie, verstehst du?«

Mücke nickt und versteht gar nichts.

»Wir machen irre viele gemeinsame Projekte, Straßentheater, Schulbühne, praktische Theaterarbeit eben. Nicht nur den wissenschaftlichen Überbau, hier lernt man alles von der Pike auf. Ganz real. Das ist das Schöne.« In ihren Augen blitzt Begeisterung, nun hat sie sich warm geredet. »Hier geht es um gesellschaftliche Relevanz, um Erkenntnisprozesse, um Aufklärung. Kein Schnick-Schnack, keine ästhetischen Spielereien. Wir dringen in die Geschichte ein und durch sie hindurch. Das ist hier die heilige Lehre.« Sie lacht. Mücke weiß nicht, ob das ironisch gemeint war.

»Haltung, sagt der Chef immer, Haltung ist das, was zählt.« Während sie spricht, ist sie Mücke sehr nahe gekommen, ihr Gesicht nur noch wenige Zentimeter von seiner Nasenspitze entfernt.

»Du hast schöne Augen«, sagt Mücke.

Die Wirkung ist ernüchternd. »Danke.« Sie rückt deutlich von ihm ab. »Ich bin nicht sicher, ob du mich verstanden hast.«

»Doch, doch. Das ist alles sehr beeindruckend.« Mücke macht eine kurze Pause. »Ich kenne nur niemanden in Berlin. Ich wüsste auch nicht, wo ich wohnen könnte.«

»Da kann ich dir nicht helfen. Wohnungen sind hier knapp.« Sie steckt den Stift und den Block zurück in die Jutetasche, streift Mücke nur noch kurz mit einem kühlen Blick, und schon ist sie weg.

Vielleicht, denkt sich Mücke, sollte ich es in Köln probieren. Die machen da auch viel mit Film. Auch kann er sich nicht mit der Idee anfreunden, zum Skifahren in den Harz fahren zu müssen.

Mücke fährt mit der U-Bahn zurück. Mücke ist schon mit einigen U-Bahnen gefahren, in München oder London zum Beispiel, aber die Berliner U-Bahn ist anders. Wirkt auf ihn so, als müsse er selbst steuern. Irgendwie mithelfen, dass sie auch ans Ziel kommt. Es ruckelt und rumpelt, ächzt und quietscht wie in der Geisterbahn auf dem Oktoberfest. Die Türen lassen sich nur mit Mühe öffnen, die Sitzbänke sind verschlissen, überall Aufkleber von Hertha BSC und komischerweise auch von Union. Mücke sieht sich um und blickt in ungerührte und gelangweilte Heimfahrgesichter. Das alles scheint keinen zu stören. Mücke hat gerade einen Roman über Berlin gelesen, in dem vom »weiten alltäglichen Feld der Simulation« die Rede ist, von Zombies und Parasiten, von »Lügnern ohne Not und Aufschneidern ohne Schnitt«, von Bewohnern einer Geisterstadt. Angeblich werde hier schneller gestorben als getrauert werden kann. Wenn Mücke den Text richtig verstanden hat, dann sind das hier alles Verlierer, vergessene Insulaner inmitten toter Häuserschluchten, jeder sei sich selbst ein hübscher Kreis.

»Merkwürdig«, denkt er, »so sehen die gar nicht aus.«

Eben hat eine alte Frau ihre Einkaufstasche neben ihm abgestellt. Irgendwie treuherzig, eine weißhaarige Oma im dunklen Mantel, freundlich nickend, ganz für sich. Auch die junge Frau mit dem Kind im Tragesack und der Bärtige im Blaumann, keine Kämpfer, noch nicht mal von der Spaßguerilla, höchstens für ein bisschen Glück in der Datscha am Feierabend. Der Gewährsmann von der Front sagt aber: »Eine Kopie ist keine Kopie, da jedes Original eine Kopie ist.« Gibt es zwei Städte mit gleichem Namen und unterschiedlicher Luft? Wem ist da noch zu trauen? Wie soll das für Mücke hier klappen?

Ein Freund, der einige Zeit in der Stadt gelebt hat, hat ihm erzählt, Berlin sei wie ein Dampftopf mit geschlossenem Deckel, der kurz vor der Explosion stehe; die Ventile würden schon pfeifen, und der Dampf entweiche böse zischend. Hier könne man nur den Exzess leben oder sich in Arbeit eingraben, sonst gehe man wahrscheinlich vor die Hunde. Deshalb sei er jetzt ins Sauerland gezogen, auch Bowie und Iggy hätten ihre Sieben-Zimmer-Wohnungen in Schöneberg ja schon für fünf Jahren wieder verlassen, selbst die hätten vor der Stadt kapituliert. Nicht nur das weiße Pulver war zu stark gewesen. Bowie beendete seine Heldenzeit und zog in die Schweiz. Wer will sich auch noch an der Mauer küssen, nördlich der Liebe und südlich des Hasses?

Am nächsten Abend gehen sie mit Freunden in eine neu eröffnete Sannyasins-Disco am Kurfürstendamm. Auf der Tanzfläche gerät Mücke in einen Pulk südamerikanischer Frauen, die mit den Hüften sprechen können. Sie kommen aus Recife, Schulfreundinnen und Töchter reicher Eltern, auf ihrem See-Europe-In-Ten-Days-Trip. Heute Abend wollen sie Berlin erleben. Sie tanzen wie am Hexensabbat, *I Feel Love* von Donna Summer, Mücke lässt sich treiben, verführen, schüttelt die langen, blonden Haare, *I will survive,* das ist jetzt keine Frage mehr. Er ist in seinem Element, tanzt in ihrer Mitte, schnelle Schritte, gedreht und verwirbelt, immer wieder mal ein kecker Blick, dann kommen Teresa und Maria näher, Sandwich, sie reiben sich, gehen in die Knie, zeigen, was sie haben und was sie wollen. Die anderen Jungs stehen am Rand der Tanzfläche und schlucken schwer an ihren Drinks. Erste Erschöpfung, freundliches Kichern und Blicke, die keine Wahl mehr lassen. Paul, der schon mal in Spanien war, radebrecht ein paar höfliche Floskeln, ordert neue Drinks für alle, was es nicht leichter macht. Sie sprechen nicht mal Englisch. Alles Weitere ist ohne Worte.

Mücke nimmt Marias Hand, die sie ihm bereitwillig überlässt. Er hält ein Taxi an, sie fahren nur ein paar Meter, dann tippt Maria plötzlich dem Taxifahrer auf die Schulter und bedeutet ihm anzuhalten.

»Un momento.«

Der Mann schaut kurz Mücke an, als wolle er ihn fragen, ob das in Ordnung gehe.

Mücke nickt. Das Taxi bremst und fährt rechts ran. Sie zieht ihn an der Hand aus dem Fonds des Wagens und bedeutet ihm, sich an den Rand des Gehwegs zu setzen. Sie hockt sich vor ihn hin, legt ihm die Hände auf die Schultern und sieht ihm ernst in die Augen.

»¿Y pues? Was nun?«

Mücke kann kein Spanisch, aber er versteht, dass ihr das alles jetzt doch ein wenig zu schnell geht. Dass sie zumindest kurz innehalten will. Die Bewegung, die so selbstverständlich begonnen hat, unterbrechen will. Was soll er sagen. Er lächelt so unschuldig wie er nur kann und küsst ihre Finger.

Der Taxifahrer macht sich bemerkbar. Sie sieht Mücke nochmals kurz und prüfend an, dann lächelt sie und zieht ihn in die Höhe. Sie steigt als erste wieder ein, Mücke folgt ihr. Sie umarmen sich. Musik läuft im Radio. Schon wieder dieser Song. Ist wohl die heimliche Berlin-Hymne, denkt sich Mücke. *Bordertown,/There's been an accident in Bordertown./Bordertown,/I am your accident in Bordertown.*

Als sie in der Wohnung ankommen, in die sie mittlerweile umgezogen sind, ist noch niemand da. Sie ziehen sich aus und setzen sich in die Badewanne, in die Mücke warmes Wasser eingelassen hat. Später mokieren sich seine Freunde darüber, wie ordentlich beide ihre Schuhe vor der Tür abgestellt haben. Ein paar Tage später fliegt sie zurück. Mücke bringt sie nicht zum Flughafen. Er wird sie sicher wiedersehen.

Mücke will noch den Osten erkunden, die anderen schreiben lieber Postkarten. Außerdem will er Bücher kaufen, die es im Westen nicht gibt. Gerade die Klassiker sollen gut ediert und preisgünstig sein. Vor drei Jahren ist der Zwangsumtausch von 6,50 auf 25 Mark erhöht worden, fies, doch das ist kein Problem für Mücke.

Vom Checkpoint Charlie geht er die Friedrichstraße hoch und biegt links in die Straße Unter den Linden ein. Eine merkwürdige Prachtstraße, die vielen Reisebüros irritieren ihn. Bunte Bilder, Kreuzfahrtschiffe, Intourist und Aeroflot, Urlaub auf der Krim. Oder in Sibirien, denkt Mücke. Nur von da kommt keiner mehr zurück. Eine Schweinerei, wie Honecker seinen Genossen die Welt vorenthält.

Vorbei an Ministerien und Botschaften, dem Bulgarischen Kulturzentrum, der Deutschen Staatsbibliothek, einem Schaufenster mit Zobelpelzen, einem kleinen Café und der Buchhandlung *Das sowjetische Buch*. Da will er nicht hinein. Lieber in die Universitätsbuchhandlung, die ihn ganz verzückt mit ihrem Angebot. Kellermann, Frank, Seghers und natürlich die ganzen Russen. Von der Weimarern ganz zu schweigen. Da reicht der Umtausch auf keinen Fall, er muss noch irgendwo Geld besorgen.

Er sucht eine Wechselstube, aber es dauert keine zwei Minuten, dann spricht ihn schon ein Mann auf der Straße leise an: »Wollen Sie tauschen?« Mücke reagiert zu langsam. Bevor er nachfragen kann, ist der Mann schon wieder verschwunden. Aber jetzt weiß er, wie das hier funktioniert. Er geht weiter zum Alexanderplatz, kauft sich eine Ket-Wurst und schlendert scheinbar absichtslos herum. Wieder spricht ihn ein Mann an. Diesmal zögert Mücke nicht. Der Mann schaut sich immer wieder um, es geht ganz schnell. Fünfzig DM für fünfzig Ostmark. Ehe Mücke das Geld verstaut hat, ist der andere bereits unsichtbar. Als hätte er eine Tarnkappe auf.

Nun kann er einkaufen. Zwei Tüten packt er voll, dann geht er zurück zum Grenzübergang.

»Na, junger Mann, Sie haben ja ganz schön eingekauft.«

Mücke ist begeistert, dass sich jemand für seine Bücher interessiert.

»Ja, toll ist es hier. Und so günstig.«

Der Zöllner will seinen Umtauschzettel und die Quittungen sehen. Seine Miene verfinstert sich, ein zweiter Mann kommt hinzu.

Mücke muss die Bücher abgeben und wird in einen Raum der Grenzstation geführt. Fensterlos, karg möbliert, steril.

Das ist jetzt aber ein schlechter Film, denkt Mücke. Was anfangs als leises Unwohlsein spürbar war, wie immer, wenn er mit Uniformierten zu tun hat, schlägt um in eine Angst, die ihn kurzatmig werden lässt. Sie lassen ihn warten. Wird er beobachtet? Man kennt das ja aus dem Fernsehen, diese venezianischen Spiegel in den Verhörzimmern.

Endlich öffnet sich die Tür. Ein Offizier der Volksarmee setzt sich ihm gegenüber, der Grenzbeamte bleibt an der Tür stehen.

Der Mann lächelt. »Herr Kaspers, nun erzählen Sie mir doch mal, wie es wirklich war. Wie sind Sie zu dem Geld und zu den Büchern gekommen? Dass ich Sie bitten muss, bei der Wahrheit zu bleiben, versteht sich von selbst. Sie wollen ja Ihre Lage nicht verschlechtern?« Das Lächeln verwandelt sich in ein fieses Grinsen.

»Wieso verschlechtern? Ich bin mir keiner Schuld bewusst.«

»Ach ja? Sie kennen aber schon die hier geltenden Devisengesetze?« Er nimmt eine Broschüre zur Hand und beginnt zu zitieren: »Sie können zusätzlich zum verbindlichen Mindestumtausch entsprechend Ihren Wünschen Zahlungsmittel konvertierbarer Währungen in Mark der DDR bei den dafür zugelassenen Kreditinstituten der DDR umtauschen. Die bei diesen Kreditinstituten zusätzlich erworbenen Mark der DDR können Sie gegen Vorlage der Umtauschbescheinigung wieder zurücktauschen.« Er lässt die Broschüre sinken und sieht Mücke streng an. »Das wissen Sie schon, oder?«

Mücke senkt den Kopf. »Vielleicht habe ich einen Fehler gemacht. Das tut mir leid. Aber da ich in aller Öffentlichkeit mehrfach angesprochen wurde, ob ich Geld tauschen möchte, war ich der Meinung, dass das in Ordnung sei. Ich meine, mitten auf der Straße, das würde sich doch niemand trauen, wenn es verboten wäre.«

»Und Sie haben tatsächlich eins zu eins getauscht?«

»Aber ja, das ist doch der offizielle Kurs. Deshalb hatte ich auch nicht das Gefühl, etwas Falsches zu tun. Mir war nur die Suche nach einer Wechselstelle zu umständlich, und da habe ich das Angebot angenommen.«

Die Männer werfen sich vielsagende Blicke zu, befragen ihn erneut. Aber er bleibt dabei, hier gebe es wunderbare Bücher, und da habe er eben die Gelegenheit wahrgenommen.

Die Grenzer verlassen den Raum, kommen nach langen dreißig Minuten wieder zurück. Er könne jetzt gehen, und, ja, seine Bücher könne er auch mitnehmen. In Zukunft aber solle er offiziell umtauschen. Mücke bedankt sich und verspricht Besserung. Dann zieht er von dannen. Wenn ich mal ein Geheimnis besaß, denkt sich Mücke, dann habe ich es jetzt vergessen.

Zuhause erzählt er den Berliner Freunden seine Geschichte. Die fallen um vor Lachen, eins zu eins getauscht, das gebe es ja gar nicht. Da hat jemand das Geschäft des Tages gemacht. Die Grenzer müssen ihn für völlig bescheuert oder hochgradig durchtrieben gehalten haben. Hier versage jede Erklärbarkeit, sein Verstand müsse ausgesetzt haben. Aber wahrscheinlich sei er in seiner Naivität sehr überzeugend gewesen. Denn so eine Geschichte könne man nicht erfinden.

# Omikron

»Ein Spezi und ein dunkles Weißbier.«

»Und für mich bitte eine Apfelschorle und ein Helles.«

Kaum hat sich die braune Holztür zum Gastraum geöffnet, werden die ersten Bestellungen gerufen. Dass die eintretenden Männer meist gleich zwei Getränke ordern, erstaunt niemanden. Manuela steht am Tresen, nickt freundlich und schaut bereits zum nächsten, während sie mit dem Zapfen beginnt.

»Eine Russenmaß.« Schnuffel hebt die rechte Hand. Ob zum Gruß oder um zu betonen, dass er erstmal nur eine Maß haben will, bleibt unklar.

»Bringst mir auch eine.« Armin bestellt meist das Gleiche. »Und einmal Souvlaki. Mit Reis und Salat.« Wahrscheinlich wird es in der Küche schon vorrätig gehalten.

»Wie immer mit viel Tzatziki, ich weiß.« Ela lächelt und notiert weitere Bestellungen. »Will sonst noch jemand was essen?«

»Einen kleinen Gemüseteller. Und ein Dunkles, bitte.« Max lebt nach dem Motto, das bisschen, was ich esse, kann ich auch trinken.

Jan entscheidet sich wie immer als letzter. »Und ich hätte gern die Muscheln von der Tageskarte. Und ein großes Wasser.«

In dem hohen, mit dunklem Holz getäfelten Gastraum sind alle Tische besetzt. Doch für die Jungs ist donnerstags um diese Uhrzeit immer reserviert, egal, wie groß die Nachfrage ist. Nach dem Training ist der Durst groß, und sie bleiben lange sitzen, auch wenn alle morgen arbeiten müssen. Das weiß Emilianos, der Wirt, zu schätzen. Und bringt wie jedes Mal zur Einstimmung auf den Abend eine Runde Ouzo. Das sei gut für den Magen, das Aniskraut habe eine heilende Wirkung. Reine Prophylaxe, denken sich auch die, denen der Schnaps nicht schmeckt, und schütten ihn runter.

»Habt ihr die Nachrichten vorhin gehört?«, fragt Jörg, der meist als erster das Wort ergreift. »Diese irre Geschichte?«

»Nein. Was ist denn passiert?«

Jörg leckt sich den Schaum von den Lippen. »Es kam eben, als ich ins Auto stieg. Heute Morgen, wohl so gegen vier Uhr, hat auf der Lindauer Autobahn ein Wagen versucht, sie sprachen von einem dunkelblauen Golf, einen anderen auszubremsen, wohl einen Audi. Ohne erkennbaren Anlass. Einfach so. Dabei haben sich die beiden touchiert, der VW ist kurz in die Leitplanken, dann aber weiter und hat bei Germering die Autobahn verlassen. Trug angeblich französische Kennzeichen. Der Audi ist hinterher, Richtung Fürstenfeldbruck.« Jörg redet sich in Schwung und gestikuliert, als würde er selbst gerade die Verfolgung der Flüchtigen aufnehmen. »In einer Kurve hat dann der Fahrer des Golfs die Kontrolle über den Wagen verloren und kam ins Schleudern. Und blieb schließlich auf der Gegenfahrbahn stehen. Die drei, die in dem Audi saßen, stiegen aus und wollten den Fahrer des Golfs zur Rede stellen. Plötzlich gingen beide Türen auf, eine Frau und ein Mann stiegen aus und schossen, ohne Warnung, auf die drei Männer. Dann hauten sie über die Felder ab. Ist das nicht unglaublich?«

»Haben sie die Männer erschossen?« Allgemeines Geraune, jeder am langen Holztisch hört gespannt zu.

»Ich glaube nicht.« Jörg zuckt mit den Schultern. »Jedenfalls haben sie in den Nachrichten nichts dergleichen gesagt.«

»Und wie ging es dann weiter?« Michi trommelt mit den Fingern nervös auf den Holztisch.

»Keine Ahnung.« Jörg zuckt mit den Schultern und greift zum halbgefüllten Glas. »Es gab wohl noch andere Leute, die dazu kamen und die beiden verfolgen wollten. Aber auch die wurden mit der Waffe bedroht, so dass sie die beiden laufen lassen mussten. Angeblich sahen sie osteuropäisch aus – was immer das auch heißen mag.« Er nimmt einen langen Schluck und schaut herausfordernd in die Runde. Die Freunde schütteln die Köpfe und lassen die Gläser klirren, als könnten sie so den Schrecken hinunterspülen.

Andi streicht sich über die kahle Stirn. »So ein Wahnsinn! Aus heiterem Himmel schießen die auf Menschen. Was ist denn das für eine bescheuerte Welt?«

Armin, der stets allem etwas Gutes abgewinnen will, lacht süffisant. »Vielleicht waren sie auf Drogen und dachten, sie spielen ein bisschen Bonnie und Clyde. Als russische Variante. Ohne dass Geld im Spiel ist. Just for the action.« Er hebt seinen Krug. »Cats scratch, dogs bite, men kill – so isses eben.«

Franz zieht seinen Krug zurück und protestiert. »Was soll das heißen? Das ist das Unveränderliche, wir finden uns damit ab? Das ist mir zu wenig. Ich will schon wissen, wieso das möglich ist? Warum schaukeln Mörder Kinder auf ihren Knien und spielen Klavier?« Franz ist bekannt für seine kritische Haltung; egal worum es geht, er ergreift oftmals die Position des Andersdenkenden. Und belebt damit die Diskussion, auch wenn man der Meinung sein könnte, dass er das aus Prinzip tut, weil es ihn reizt, die anderen jede Woche aufs Neue anzustacheln.

»Wo soll da der Widerspruch sein?«, kontert Tom, der sich sonst selten einmischt. »Ist ja wohl keiner der Meinung, dass der Mörder, wenn er zu seiner Familie zurückkehrt, sich nicht die Hände wäscht. Oder auch seine Familie umbringt.«

»Das mag schon sein.« Armin beißt in sein Souvlaki. »Aber sollte nicht die Erinnerung an die eigenen Kinder ihn vom Töten abhalten? Müsste er nicht eine Art Beißhemmung haben, einen Instinkt oder einen Reflex, der ihn wieder einfängt und seine Aggression zügelt?«

Max grinst. »Wenigstens hast du keine Hemmungen und reagierst deine Aggressionen am unschuldigen Souvlaki ab.« Die Meute lacht und hebt die Tassen.

Klaus wedelt verzweifelt mit den Händen. »Das ist doch alles Quatsch. Alles nur Theorie. Die Leute vergessen einfach für den Moment, dass sie gerade einen Menschen umbringen.« Klaus ist Lehrer und kommt nicht immer mit ins Omikron. Vor allem dann nicht, wenn er am nächsten Tag Pausenaufsicht hat. Hat er am nächsten Tag frei, ordert er sämtliche Knoblauchvorräte der Küche auf seinen Teller. Was seine Umwelt dazu animiert, die entsprechend angereicherte Luft mit Zigarettenqualm zu schwängern. »Hinterher tut es ihnen leid, und sie können gar nicht verstehen, warum sie das getan haben. Vorher sind sie im Rausch oder voller Wut, fühlen sich mächtig oder was weiß ich.«

Jürgen meldet sich. »Vielleicht gibt es einfach zu viele Psychopathen auf dieser Welt. Sadisten, klinische Fälle, die nichts anderes können als zerstören. Dann halt auch ein Leben, das heute ohnehin nichts mehr wert zu sein scheint.«

»Ich denke«, wirft Franz ein, »dass man unterscheiden muss zwischen Gefühlen wie Rache, und Situationen, die unversehens eskalieren, und dann natürlich klarem Kalkül. Wenn jemand das gezielt tut, weil er sich einen Vorteil davon verspricht. Das sind ja alles unterschiedliche Motive. Und so muss man sie auch bewerten.«

»In *Macbeth* heißt es, jeder Mord sei ein Riss in der Natur.« Max schaut erwartungsvoll in die Runde.

»Ach du immer mit deiner Literatur! Was soll uns das denn sagen?«, scherzt Bernd, der gerne dem Verstand und dem Kalkül vertraut.

Max reagiert ganz stoisch. »Dass da was bleibt. Etwas kann nicht mehr gutgemacht werden. Tot ist tot.«

Hias, auch genannt »Sprotte«, kämpft mit den Bierfilzen. »Ich habe das Gefühl, dass es keinen Widerstand mehr gibt gegen das Töten. Als würde es selbstverständlich dazu gehören zu unserer Welt.

Als wäre es völlig normal. Die Bilder, die du jeden Tag geliefert bekommst, sind ultrabrutal. Irgendwann kann ich das nicht mehr sehen. Wenn ich das alles an mich heranließe, würde ich verrückt werden. Also schiebe ich es weg.« Franz stellt sofort sein Bier zur Seite.

»Das machen doch alle. Früher ahnte man mehr, als man wusste. Jetzt kann jeder in Timbuktu oder am Nordkap jederzeit auf alles zugreifen. Das ist Segen und Fluch zugleich. Ela, noch ein Dunkles!« Max reicht ihr den leeren Krug. »Und bitte noch Brot.«

Schnuffel, der lange geschwiegen hat, rutscht nervös auf seinem Stuhl hin und her. »Ich bin froh, dass es fast jeden Tag irgendwelche Fußballspiele gibt. Oder andere Wettkämpfe. Aber beim Fußball ist es schon am extremsten. Da reagieren sich die Leute ab. Da wird ihre Wut in neunzig Minuten aufgesogen und kanalisiert. Das sind Stellvertreterkriege. Denkt mal an die WM: Ganze Nationen sind jedes Mal im Ausnahmezustand. Und wenn sie sich abreagiert haben, kühlen sie wieder ab. Bis zum nächsten Turnier.«

»Brot und Spiele eben – wie bei den Römern. Funktioniert immer noch.« Andi kühlt sich jetzt auch ab, innerlich. »Manuela, bringst mir noch ein Helles, bittschön?«

»Trotzdem macht es mir Angst«, insistiert Michi, »dass sich alle so an die Gewalt gewöhnen. Im Großen wie im Kleinen. Das Leben geht darüber hinweg. Und ganz selten hält man inne und reibt sich die Augen und fragt sich, was da gerade abläuft.«

»Du hast Recht«, erwidert Andi und wischt sich das Nachgeschwitzte von der Stirn. »Eigentlich könnte man von einer hochzivilisierten Gesellschaft erwarten, dass sie den Zustand der Barbarei allmählich hinter sich lässt. Aber ich habe da keine Hoffnung mehr.«

Max haut mit der Faust auf den Tisch. »Das ist wie mit dem Bier und dem Rausch. Wenn du nüchtern bist, siehst du die Dinge klarer. Nur dröhnen sich die Leute permanent zu, nicht nur mit Alkohol oder Drogen. Denkt an den Kaufrausch. Völlig enthemmt. Oder die ständige Berieselung durch die Medien. Das reine Ablenkungsmanöver. Aber so hat das schon immer funktioniert. Ist wahrscheinlich einfach Teil der menschlichen Natur.«

»Letztlich«, sagt Jan mit leiser Stimme, »letztlich sind wir einfach das Ergebnis unserer Welt. Der vergangenen, der gegenwärtigen und auch der zukünftigen. Und damit ist der Mensch auch das, was man nie für möglich gehalten hätte. In jeglicher Hinsicht.«

»Aber du vergisst, lieber Jan, dass sich die Maßstäbe, wie man das scheinbar Gute oder Böse bewertet, auch immer wieder verändern. Was unsere Eltern schlimm fanden, ist es für uns vielleicht gar nicht mehr. Das gilt dann natürlich auch für unsere Kinder.«

»Irgendwie ist es doch paradox.« Franz, der neben Jan sitzt, klopft ihm sanft an die Brust. »Da leben wir in einer modernen Welt, der angeblich aufgeklärtesten aller Zeiten, und gleichzeitig kann man an dieser Welt im Grunde nur verzweifeln. Was lernt man daraus? Ich weiß es nicht. Und trink lieber noch eins. Ela?« Er lächelt der hübschen schwarzhaarigen Bedienung zu und deutet auf sein leeres Glas. Manuela lächelt zurück und geht zum Tresen.

Jan, der sonst immer wenig sagt, lässt nicht locker. »Du kannst dich einfach auf nichts verlassen. Ich bin jedenfalls mehr als misstrauisch, wenn ich etwas wahrnehme. Egal, was es ist. Trotzdem bin ich kein Nihilist. Bilde ich mir zumindest ein.«

»Ich glaube«, sagt Jürgen, der die Dinge immer gerne aus einer logischen, bestenfalls mathematischen Sicht zu begreifen sucht, »man kann, wenn überhaupt, immer nur bei kleinteiligen Dingen eine Art Vertrauen entwickeln. Es gibt keine tragenden Ideen oder gar Visionen mehr. Es ist ein einziges Hauen und Stechen. Überall. Nichts, was eine Gemeinschaft tragen könnte. Ich ziehe mir aus allem nur raus, was ich gut und nützlich finde. An das große Ganze glaube ich schon lange nicht mehr.«

»Das stimmt doch nicht«, entgegnet ihm Jörg. »Das muss ja nicht eine Religion oder eine politische Idee oder so etwas sein. Einfach die Tatsache, dass wir hier sitzen und frei über alles reden können, ist doch dem Umstand geschuldet, dass wir uns zu einer bestimmten Gesellschaftsform bekennen, sie unterstützen und leben.«

»Okay«, räumt Jürgen ein. »Wenn du das so allgemein siehst. Es ist nur so, dass es schwer ist, überhaupt eine Art Vertrauen zu entwickeln, wenn gleichzeitig dieser Prozess ständig strapaziert wird, zum Beispiel durch diese permanente extreme Gewalt. Und zwar überall. Es gibt ja nicht wenige, die sagen, wir befinden uns bereits im Dritten Weltkrieg.«

»Kann man so sehen.« Sie prosten sich zu, und Jörg nimmt den Gesprächsfaden wieder auf: »Auf jeden Fall. Vor allem wenn man Gewalt nicht nur als körperliche Gewalt begreift. Wie vorhin im Training, lieber Schnuffel, als du mich im Spiel einfach umgehauen hast.« Er lacht.

»Ja, tut mir leid, war keine Absicht.« Schnuffel wirkt leicht zerknirscht. »Ich übernehme heute dein Bier.«

»Weiß ich doch. Danke trotzdem. Aber wenn neunzig Kilo auf einen zustürmen, hast du einfach keine Chance mehr. Egal. Aber denkt nur an die vielen anderen, sublimeren Formen von Gewalt. Psychoterror, Stalking, Mobbing, Erpressung, wirtschaftlicher Druck – weiß der Geier, da gibt es vieles, kennt jeder.«

Franz, der am oberen Ende des Tisches sitzt, mischt sich ein. »Es gibt ja die verwegene These, dass jede Form von Gewalt auch ein kommunikativer Akt ist. Aber nicht oder selten nach dem Motto: Der will ja nur reden. Sondern letztlich gehören immer mindestens zwei dazu, Täter und Opfer. Manchmal auch noch Zuschauer. Dann wird es ja besonders interessant.«

»Wie meinst du das?«

»Naja, zum Beispiel wenn die Zeugen einer Tat wegsehen. Weitergehen. Nicht einschreiten und helfen. Davon hört man ständig.«

»Das Ganze ist sowieso völlig pervertiert.« Klaus fuchtelt wie immer mit seinen Händen. »Nehmt mal militärische Kriege. Sie sprechen ohnehin nur noch von Konflikten. Absolute Heuchelei. Damit wird nur verniedlicht. Das ist alles dann ganz weit weg. Wie auch immer. Normalerweise ist der Krieg vorbei, wenn der Gegner kapituliert. Heute ist das nicht mehr so. Es wird aufs Brutalste geschändet, geraubt, geplündert. Einfach weitergemacht. Weil das keine regulären Armeen sind, die kontrolliert werden, sondern irgendwelche Revolutionsgarden oder paramilitärische Einheiten, Terroristen, Fanatiker. Völlig haltlos. Da kannst du die Genfer Konvention völlig vergessen.«

Hias winkt ab. »Denen geht es nicht um strategischen Ziele, denen geht es um die Auslöschung jeglicher Identität. Sie wollen alles zerstören, was anders ist. Was außerhalb ihrer Vorstellungskraft existiert. Dieses Obsession, die sich jedem Gespräch entzieht, das macht mir Angst.«

»Das sehe ich auch so, mein Lieber. Wenn du einen konkreten Gegner hast, der bestimmte Interessen vertritt, dann kann man in der Regel immer miteinander reden. Wenn du nicht mehr reden kannst, wird es schwierig. Wie kann man darauf reagieren?«

»Ich denke«, sagt Max, »solange die Menschen miteinander reden, schlagen sie nicht aufeinander ein. Das kann man auch nicht delegieren. Nicht an den Staat, an die Intellektuellen, die Mächtigen. Das gilt für jeden von uns.«

Armin lacht. »Darf nur kein Geschwätz werden. Sonst parodiert es sich selbst. Und dann merkt jeder Trottel die Absicht, die Gewalt nur aufzuschieben. Merkt die Angst.«

»Aber Angst zu haben, ist doch legitim«, entgegnet Franz. »Macht sogar sympathisch. Wenn das, was du Geschwätz nennst, jemanden zum Lachen bringt, wäre das ein kluges Vorgehen. Und vielleicht auch ein erfolgreiches. Wer lacht oder jemanden zum Lachen bringt, ist in dem Moment frei. Der hat keine Angst. Und wird auch nicht gewalttätig.«

Emilianos kommt an den Tisch.

»Alles klar, Jungs? Euch hat es nicht geschmeckt, oder? Ihr habt die ganze Zeit nur geredet und geredet ...« Der Wirt macht ein besorgtes Gesicht.

»Quatsch, Emil, es war lecker wie immer. Wir haben uns nur über die alten Griechen unterhalten, und das ist einfach so spannend, dass man fast dein Essen vergessen könnte.«

Emilianos zieht Bernie an den Ohren. »Ich zeige dir gleich, was die alten Griechen mit euch machen, wenn ihr mein Essen nicht würdigt.« Er deutet lächelnd an, wie er sie alle ohrfeigen würde.

»Da haben wir es ja schon«, ruft Jörg. »Gewalt im Alltag. Selbst in der Kneipe deines Vertrauens. Man ist einfach nirgendwo mehr sicher.« Alle lachen.

»Emil, du kommst aus dieser Nummer nur wieder aus, wenn du noch eine Runde Ouzo spendierst.« Der winkt zufrieden zum Tresen und ordert das Gewünschte. »Jamas.«

Kurz nach Mitternacht brechen sie auf. Wer Glück hat, hat keinen Strafzettel bekommen. Parkplätze sind hier rar, alle parken auf dem breiten Gehsteig gegenüber. Als Max losfährt, sieht er, wie zwei Autos vor ihm irgendwie merkwürdig fahren. Sie bewegen sich nebeneinander auf der zweispurigen Straße Richtung Stadtmitte. Bremst der eine Wagen, bremst der andere auch. Gibt einer Gas, beschleunigt auch der andere. So geht es ein paar hundert Meter. Wahrscheinlich ein paar Halbstarke, die ein Rennen veranstalten, denkt Max. Dann stoppen beide an einer Ampel. Max ist noch hundert Meter entfernt. Plötzlich springen aus dem dunklen Auto auf der linken Spur zwei Typen, reißen die Fahrertür des anderen Wagens auf und zerren einen Mann auf die Straße. Dann schlagen sie mit Fäusten auf ihn ein. Er geht zu Boden, einer tritt mit Wucht nach. Als sie sehen, dass Max, der mittlerweile die Autos eingeholt hat, aussteigt und laut ruft, »Hey, hey, was macht ihr da?«, lassen sie von ihrem Opfer ab, steigen ein und brausen davon.

Eine Sache von nicht mal einer Minute. Max beugt sich zu dem Mann. Der krümmt sich und blutet am Kopf.

»Scheiße! Ganz ruhig, ich helfe Ihnen.« Er zieht seine Jacke aus und schiebt sie dem Mann unter dem Kopf. Plötzlich stehen ein Mann und eine Frau neben ihnen.

»Elisabeth, was machst du denn hier?« Sie ist eine Studienfreundin aus alten Zeiten, den Mann kennt er nicht.

»Wir kamen eben auf der anderen Straßenseite und haben beobachtet, was passiert ist. Schau mal, ein Polizeiwagen.« Sie deutet auf einen grün-weißen VW-Bus, der auf der Gegenfahrbahn Richtung Flughafen fährt. Ohne eine Antwort abzuwarten, rennt sie auf die Straße und hält wild gestikulierend den Wagen an. Er ist vollbesetzt, mindestens sechs Polizisten. Max folgt ihr. Der andere Mann kümmert sich um den Verletzten.

Der Fahrer hält und kurbelt das Fenster herunter.

»Da ist ein Mann überfallen worden! Zwei Typen haben ihn aus dem Auto gezerrt und zusammengeschlagen. Wenn Sie wenden, kriegen Sie sie noch. Ein schwarzer Mercedes, ich habe mir das Kennzeichen notiert.« Sie reicht dem Polizisten einen kleinen Zettel.

»Da können wir jetzt gar nichts machen. Wir haben einen Einsatz am Flughafen. Ich gebe es weiter.« Die anderen Polizisten lehnen schläfrig in ihren Sitzen. Sie sehen nicht so aus, als stünden sie direkt vor einem wichtigen Einsatz.

»Können Sie nicht schnell hinterher? Das wäre doch fast noch auf frischer Tat erwischt.«

»Wir müssen jetzt weiter. Ich gebe es an die Zentrale. Schönen Abend noch.« Und weg sind sie. Max und Elisabeth schauen sich ungläubig an.

»Das glaube ich jetzt nicht. Die Polizei, dein Freund und Helfer. Vielen Dank auch.« Elisabeth schüttelt wütend ihren blonden Haarschopf.

Sie gehen zurück zu dem Verletzten. Er sitzt am Straßenrand. Elisabeths Begleiter hat ihm inzwischen notdürftig eine Art Turban um den Kopf gewickelt.

»Hallo, ich bin Jost. Elisabeths Mann.« Er reicht Max die Hand.

»Oh, gratuliere. Ich wusste gar nicht, dass du verheiratet bist.«
Sie lacht. »Wir haben uns ja auch eine Ewigkeit nicht gesehen.« Sie wendet sich dem Verletzten zu.

»Wie geht es Ihnen? Sie haben eine Platzwunde am Kopf. Ich denke, wir fahren Sie ins Krankenhaus.« Der Mann nickt.

Doch bevor er sich erheben kann, hält ein Krankenwagen neben ihnen. Offenbar hat die Polizei die Meldung doch weitergegeben. Die Sanitäter übernehmen. Max fährt den Wagen des Mannes auf die Seite. Kurz darauf trifft auch ein Streifenwagen ein. Zwei Polizisten lassen sich den Tathergang schildern und nehmen die Personalien auf. Dann können sie gehen.

Ein halbes Jahr später erhält Max eine Vorladung. Er soll als Zeuge vor Gericht aussagen. Im Gerichtssaal wird er gefragt, ob er die Beschuldigten eindeutig identifizieren kann. Die Männer sehen irgendwie anders aus. Einer trägt einen Bart, der andere eine Brille, beide sind elegant gekleidet. Max ist sich zwar ziemlich sicher, dass es sich um die beiden handelt, die er damals am Tatort gesehen hat. Aber es war dunkel, es ging schnell und es ist viele Monate her. Wahrscheinlich hängt von seiner Aussage ab, ob die beiden ins Gefängnis wandern. Ist er sich hundertprozentig sicher? Wenn er sich täuscht, wäre das fatal. Er schüttelt den Kopf. Die beiden Männer grinsen, als er den Saal verlässt.

# Der letzte DJ

Es wird kein Gottesdienst. Und schon gar keine Totenmesse. Ich bin ja nicht tot. Ich höre nur auf. Das ist alles. Man sollte nicht so viel Aufhebens darum machen. Ich bin nur ein Plattenaufleger, ein Handwerker, der ein paar Tricks drauf hat. Aus der Abteilung Geräusche und Klänge. Ok, zugegeben, ich halte es mit John Lennon, der mal sagte: »I always liked simple rock.« Das gilt auch für mich. Es muss einfach sein, weil das Einfache für mich die Reduktion auf das Wesentliche bedeutet. Und was ist das Wesentliche? Die Reinheit des Materials. Ohne die Aura des Heldischen, diesen ganzen Ballast, der außerhalb der Musik ist und wirkt. Dieses Minimale ist nicht primitiv, aber eben auch nicht zu komplex oder intellektuell. Es ist einfach da. Eine einfache Melodie, ein einfacher Rhythmus. Wie bei *Magic Bus* von The Who: Dam da da dam, da dam dam. Stets wiederholbar, seit es die phonographische Aufzeichnung gibt. Einmal auf Platte gebannt, wird der vergängliche, der flüchtige Moment eines Tons für immer lebendig. Das gefällt mir. Davon lebe ich. Das ist meine Spielwiese. Seit über dreißig Jahren.

Eine verdammt lange Zeit, wenn ich es mir recht überlege. Im Grunde erstaunlich, dass ich hier noch stehe. Stehen ist wichtig. Ich muss immer alles sehen, die Tanzfläche überblicken. Wie ein Dirigent. Der steht ja auch. Nicht nur im Dienst an der Musik. Er hat die Partitur vor sich und die Menge im Rücken. Das Publikum. Das unterscheidet uns. Ich habe es vor mir, ich treibe es vor mir her. Das macht der Dirigent mit seinem Orchester, wenn er es fordert, quält, ermuntert. Er steht an der Spitze, er ist es, dem man folgt, denn er gibt den nächsten Schritt vor. Auch der Haufen im Saal wird durch ihn geführt. Während der Aufführung bekommen sie sein Gesicht nicht zu sehen. Ganz anders als beim Rockkonzert. Von Bob Dylan mal abgesehen. Der schafft das ja auch, seinem Publikum neunzig Minuten lang den Rücken zuzukehren. Was ich albern finde. Und arrogant. Aber er kommt damit durch. Andere können sich das nicht erlauben. Wenn sie sich ihre Gitarrenschlachten liefern oder ihre Mikrofone durch die Luft schleudern, dann beziehen sie ihre Fans mit ein. Manche lassen sich sogar Bühnen bauen, die weit in die Arena hineinreichen. Machen dann ihre Ausflüge. Kundenkontakt. Nähe aufbauen oder so einen Quatsch. Die Leute anheizen. Und sich in die Menge schmeißen. Ich hoffe, dass irgendwann einer auf die Schnauze fliegt, weil die Leute ihn nicht auffangen. Das wäre ein Vergnügen. Ist sicher auch schon passiert, aber erlebt habe ich es noch nicht. Die Musiker wanzen sich richtig ran. Sie wollen nahbar sein. Zum Anfassen. Das will der Dirigent nicht. Ich übrigens auch nicht.

Wir sind unerbittlich, wir ruhen uns nicht aus. Wir sind in jedermanns Kopf. Und wir wissen, was jeder machen soll. Und wir wollen auch wissen, was jeder macht. Wir geben an, was geschehen soll, und wir verhindern, was nicht geschehen soll. Wir versuchen es zumindest. Wenn wir, der Dirigent und ich, wenn wir arbeiten, darf die Welt aus nichts anderem bestehen. Wenn uns das gelingt, sind wir für exakt diesen Zeitraum die Herrscher der Welt.

Natürlich ist es ein Ritual. Eine Vereinbarung zwischen dem Publikum und mir. Ich schätze das. Auch wenn sie unzuverlässig ist. Und auch wenn ich sie jedes Mal neu formulieren muss. Neu erarbeiten. Das ist meine Herausforderung. Das Publikum hat eine Erwartung. Es will mich zerstören oder sich zähmen lassen. Und das ganz ohne Gewalt. Konzerte sind oft aggressiv. Was ich herstelle, ist das Gegenteil. Egal, welche Musik ich spiele. Ich will die Emotionen der Menschen, keine Frage. Sie sollen tanzen, sie können klatschen, jegliche Form von Ekstase ist erwünscht. Nur keine Gewalt.

Ich steuere das über die Vibrationen, die ich im Laufe des Abends aufbaue. Ich habe einen Plan für jeden Abend. Es hilft, wenn ich eine Vorstellung davon habe, wer mir zuhören wird. Dann kann ich mich vorbereiten, mich auf sie einstellen. Auch wenn das nur bis zu einem gewissen Grad geht. Denn jede dieser Begegnungen hat ihre eigene Dynamik. Es kann immer etwas passieren. Etwas Unvorhergesehenes. Auf das ich reagieren muss. Ob mir das gelingt, auch darin zeigt sich meine Kunst.

Die richtige Platte zu einer Situation zu finden, vor allem schnell zu finden, ist nicht einfach. Dazu braucht man Erfahrung. Und vor allem Instinkt. Den richtigen Riecher. Wenn man nur einen Spaltbreit daneben liegt, ist alles verdorben. Alles verloren. He spoiled the party. Und dann kann es einsam um den Plattenaufleger werden. Aber so weit darf es erst gar nicht kommen.

Mit der Zeit entwickelt man eine gewisse Routine. Ich sage bewusst, eine »gewisse«. Sicher kann man sich nie sein. Sich zu sicher sein darf man nie. Das wäre tödlich. Es würde meine Neugier lähmen, meine Kreativität. Ich brauche ein Mindestmaß an Anspannung. Dann bin ich auch gut. Manchmal sogar sehr gut.

Es heißt immer, ein guter DJ ist das Spiegelbild seines Publikums. Das ist Unsinn. Wenn ich nur das spiele, was das Publikum kennt, wenn ich dauernd versuche, seinen Geschmack zu treffen, wird es schnell langweilig. Und zwar für beide Seiten. Deshalb nehme ich auch keine Musikwünsche entgegen. Es ist wie ein Ping-Pong-Spiel. Wir spielen mit einem Ball auf einem Tisch. Aber wer wann wohin den Ball schlägt, bleibt offen. Nur so ist es spannend.

Dieses Spiel spiele ich auch. Ich will sie überraschen. Nicht überfordern, diese Gefahr gibt es auch. Ich erinnere mich an einen Abend in den frühen Achtzigern, als ich, die Stimmung war schon aufgeheizt, von Pigbag *Papa's Got a Brand New Pigbag* auflegte, ein leicht schräges Jazz-Dance-Instrumental mit einer beeindruckenden Bassline. Das kannte damals noch niemand, später wurde es ein kleiner Hit. Aber ich dachte mir, dass es extrem tanzbar sein würde, obwohl immer wieder mal das Gebläse dazwischenfunkte. Vielleicht etwas verwegen, dieses Kalkül. Inmitten anderer Musik. So kam es auch: Ich hatte mich getäuscht. Die Leute verzogen das Gesicht und verließen die Tanzfläche. Und ich kriegte sie nur sehr, sehr schwer wieder zurück. Sie waren sauer. Sie hatten getanzt, dass die Schwarte krachte, und dann kam ich mit diesem, in ihren Augen anspruchsvollen Scheißdreck daher und machte einen auf dicke Hose! Das nahmen sie mir richtig übel, vor allem die Frauen. Und das ist das Schlimmste.

Wenn die Männer schwerfällig sind oder nur rumposen und Luftgitarre spielen, ist das erträglich. Weil es oft so ist. Aber wenn du es dir mit den Frauen verscherzt, dann hast du gründlich verloren. Die Männer kann man leicht versöhnen, mit irgendeinem stampfenden Knaller, wo sie dann wie eine Horde wilder Büffel obskure Kampftänze aufführen. Frauen hingegen sind nachtragend. Wenn du sie enttäuscht, wenn du sie aus ihrer guten Stimmung kippst, verzeihen sie es dir nicht so schnell. Frauen wollen tanzen. Die interessieren sich nicht für Bands und das Gesums wer da am Schlagzeug sitzt und wann dieser oder jener Take erschienen ist. Das ist nur eine Sache für Jungs. Frauen wollen es einfach. Simple Rock. Simple Sex. Einfache Zeichensprache. Durchaus charmant. Keine allzu plumpen Grölereien. Aber eine klare Ansage. In der Körpersprache. In der Sprache, die ihre Körper verstehen. Der sie folgen können. Wo die Matrix durchscheint.

Wir führen ja gemeinsam ein Stück auf. Ich gebe zwar die Dramaturgie vor, aber letztlich entscheidet das Publikum, entscheiden meine

Schauspieler, ob es eine Komödie oder eine Tragödie wird. Sie sind die Darsteller in diesem Experiment, in dieser von Abend zu Abend sich ändernden Versuchsanordnung. Ich stehe hinter meinem Pult, in meinem kleinen Gefängnis. Aber sie sind frei, alles zu tun. Diese Performance, diese Reality-Show zu gestalten.

Vielleicht ähnle ich einem Schamanen, der mit seinen Röhrenverstärkern die Welt zum Schwingen bringen will. Keine Ahnung. Mit der Lautstärke kann ich sie narkotisieren, mit einer Pause – wenn ich für einen Moment den Regler runterfahre – zu einer Reaktion provozieren, mit einem Jingle buhle ich um die Wiedererkennung unserer fragilen Gemeinschaft. Ich variiere das Tempo, ändere den Groove, wenn ich das Gefühl habe, da muss ein bisschen mehr passieren. Oder ich muss sie bremsen, sonst zerlegen sie den Laden. Damit wir uns nicht missverstehen: Noch nie ist meine Bühne demoliert worden. Ich hatte es bislang immer im Griff. Aber ich muss auf sie eingehen, ohne mich anzubiedern. Denn das wäre fatal.

Wichtig ist eine Haltung. Und eine Struktur, an der sie sich orientieren können. Ich will sie ja alle kriegen, nicht nur fünfzig Prozent. Alle. Männer und Frauen. Ich werfe die Angel aus, ich spinne das Netz. Das Rohmaterial bringe ich auch mit. Ob es dann großes Entertainment wird, weiß ich nie. Aber ich gebe mir Mühe. Fühle mich ein. Das auf jeden Fall. Manchmal werde ich gefragt, ob die Verbindung mit einer größeren Gemeinschaft noch zeitgemäß ist. Ich verstehe die Frage nicht. Warum sollte das nicht so sein. It's not the singer, it's the song! Der Einzelne mag eine Melodie summen, erst im Chor wird sie weithin hörbar. Auch ohne meine Effekte.

In der letzten Zeit hat sich mein Arbeitsplatz ziemlich verändert. Die jungen Leute, die heute hier stehen, bringen nur noch ihre Rechner mit, alles ist programmiert, die Effekte, die Visuals, die Übergänge, alles fein im Heimstudio vorgebastelt und jederzeit abrufbar. Sie verstehen sich selbst als Musiker, das ist schon interessant. Haben vielleicht noch nie eine Gitarre in der Hand gehabt und sind mit ihren elektronischen Sachen trotzdem ganz vorne dabei. Ist nicht mein Ding. Mein Verständnis vom Songschreiben ist auch anders. Aber das macht ja nichts. Alles hat seine Zeit. Und meine geht zu Ende, das spüre ich. Das glauben Sie nicht? Ja, ich weiß schon, es gibt viele junge Bands, die gute Musik machen. Die ihre Instrumente beherrschen, die das Songbook kennen, die auf der Bühne was zeigen. Nicht nur diese standardisierten Kommerzkisten. Die ihren eigenen Weg gehen. Trotzdem leben wir alle das gleiche Leben. Ich war nur der Verstärker.

# Tomaten aus Tulsa

Die Einladung sieht vor, dass sich John gegen achtzehn Uhr einzufinden hat. Seit Tagen hat er Schmerzen in der Wade; er tippt auf eine hartnäckige Muskelverletzung und misst ihr keine besondere Bedeutung zu. Ein paar Salben, eine Massage, das muss genügen. Der Masseur traktiert das Bein und geht in die Tiefe, was kurzzeitig Linderung verspricht. Weil sein Campingbus kaputt ist, setzt sich John in den Zug und fährt in die andere Stadt. Es regnet leicht, die Gegend rund um den Bahnhof ist wenig einladend, trotzdem geht er zwanzig Minuten zu Fuß, um frische Luft zu schnappen. Schon in den letzten Tagen hatte er beim Treppensteigen Atemnot verspürt und mit mangelnder Fitness und altersbedingtem Verfall kokettiert. Der Spaziergang tut ihm nicht gut, er kommt kurzatmig an und fühlt Schwindel. Er bittet um Wasser, erwidert alle Komplimente und setzt sich auf die Bühne. Die Fragen prasseln von allen Seiten auf ihn ein.

»Stimmt es, dass …?«

»Ich arbeite gerne sitzend oder auf dem Sofa liegend. Das entspannt und erlöst mich zuweilen von meiner Seinsverlassenheit.«

»John, haben Sie in diesen schweren Tagen eine Antwort auf die Frage …?«

»Ich bin eher der Typ, der im Heute lebt. Ich zermartere mir nicht den Kopf über das, was gestern passiert ist. Ich erinnere mich kaum an den Auftritt von gestern Abend und schon gar nicht an den vor zwei Wochen. Und ich mache mir keine Gedanken über morgen und übermorgen. Oder zumindest selten.« John lächelt. »Für mich ist es schon ein ganz großes Ding, dass ich morgens aufwache und lebe. Das können Sie mir glauben. Alles andere ist trivial. Immerhin: Ich habe bisher ein ziemlich gutes Leben gehabt.«

Eine junge Reporterin mit eckiger Brille und Pferdeschwanz drängelt sich nach vorne. Sie hält ihm das Mikrofon direkt unter die Nase. »Von wo an, das heißt von welchem vorgegebenen Horizont her verstehen wir dergleichen wie …?«

»Junge Lady, wir sind nicht für immer hier, oder? Wir sind irgendwann wieder weg. Wir sind Wasser in einem Fluss. Das Wasser ist, wenn wir Glück haben, sauber, es sind ein paar Fische drin, es fließt vorbei, dann ist es weg, neues Wasser kommt. So ist das Leben. Die Menschen mögen meine Songs. Wenn das Wasser weg ist, bleiben nur meine verdammten Songs übrig. Die Leute hören sie. Ich habe Dusel gehabt. Ich kann sagen: Das Wasser rauscht vorbei, und ein paar Songs werden bleiben. Mit ziemlicher Sicherheit.«

Ihm gelingen kaum längere Sätze, er muss nach Luft ringen. Er ist irritiert, kann sich die Situation nicht erklären. Man lächelt ihn mitleidig an und fährt in der Tagesordnung fort.

»Und wie funktioniert ihr …?«

»Die Götter sind auf der Flucht, keine Frage. Die Menschen sind die Vielwissenden, sie sind die wirklichen Hirten des Seins, sie müssen unseren fortschreitenden Ruin überwinden. Ich sorge mich schon um das eigene In-der-Welt-Sein, keine Frage. Wir müssen alle verdammt achtsam sein, um dorthin zu gelangen, wo wir uns schon jetzt aufhalten.«

John verlangt nach Erfrischung. Die Chefin der Presseagentur, eine smarte Blondine in ausgewaschenen Jeans mit breitem Nietengürtel, den sie sicher extra zu diesem Anlass umgelegt hat, bietet ihm ein Glas Whiskey an, aber John lehnt ab. »Wasser, bitte, nur Wasser.«

»Hilft da Ihre Gelassenheit, Ihr großer ...?«

»Was soll's? Die Dinge existieren, so wie sie sind, auch ohne uns. Die Sprache spricht, das Lied singt. Dort bin ich zu Hause, dort geht es mir gut.«

»Sie gelten doch als rastloser Cowboy. Wo ist Ihr ...?«

»Ich schreibe Songs und ab und zu spiele ich sie auch. Damit verdiene ich meinen Lebensunterhalt und ernähre meine Familie. Andere Leute nehmen meine Songs auf. Also brauche ich dieses komische Ruhmding gar nicht unbedingt, um leben zu können. Ich habe mir ein Häuschen in der Nähe von San Diego gekauft. Ich wohne also auf dem Land. Dort ist es sehr ruhig. Das ist gut für die Nerven. Ich schreibe meine Songs und spiele meine Gitarren. Und ansonsten mache ich das, was jeder Mensch tut. Die häuslichen Pflichten eben. Das hätte ich mit zwanzig oder dreißig auch nicht gedacht. Ich halte das Grundstück in Ordnung. Ich wasche ab. Ich gehe einkaufen. Ich genieße diese Dinge. Ich mähe den Rasen. Ich bin ein passionierter Gärtner. Ich habe ziemlich viel Zeugs gepflanzt. Tolle Tomaten.«

»Das klingt geradezu idyllisch. Aber ist das nicht ...?«

»Es ist doch so: Wir lassen die technischen Gegenstände in unsere tägliche Welt hinein und lassen sie zugleich draußen. Das heißt: auf sich beruhen als Dinge, die nichts Absolutes sind, sondern selbst auf Höheres angewiesen bleiben. Die Naturwissenschaft kann erklären, wie die Dinge funktionieren, aber nicht, was sie sind.«

»Bleiben da nicht noch offene ...?«

»Fragen sind die Frömmigkeit des Denkens, sie helfen gegen das Vergessen. Sehen Sie: Ich habe nie nach Ruhm gesucht. Ich habe nach Glück gesucht. Ich habe mein Glück gefunden. Und mein Glück besteht auch darin, in die Landschaft zu starren. Oder ein bisschen auf der Gitarre zu schrammeln.«

»Geht es denn inhaltlich ...?«

»Ich sehe das nicht negativ, die Musikwelt hat sich halt verändert, ist okay so, ist ja nicht schlechter. Aber: es ist physischer, technischer, effektreicher geworden. Der Punkt ist: Die Leute früher hatten diese Effekte nicht, nicht im Studio, nicht auf der Bühne. Es gab nur den Song und den Sänger. Wenn du keine Magie hattest, wenn du die Leute nicht durch die Melodie berührt hast, musstest du dich leider, leider erschießen. Heute kannst du es durch die Show retten.«

»Das haben Sie schön gesagt. Bedeutet das auch ...?«

»Der Tag des Herrn kommt wie ein Dieb in der Nacht, heißt es irgendwo. Der Geist erzeugt die Dinge, wie sie sind. Erst für das Dasein lichtet sich die Welt. Da gilt es erstmal, Besorgnis und Trübsal zu vermeiden. Die Verselbständigung der Technik, die Gefahr der Selbstzerstörung des Menschen, die Verwüstung der Erde, Sie wissen, was ich meine. Wo aber Gefahr ist, wächst auch das Rettende nach. Da bin ich mir sicher.«

»Kann das ein Trost sein oder ...?«

»Man muss sich eben einlassen auf das Offene und die größeren Zusammenhänge sehen. Nicht die Schönheit ist entscheidend, sondern die Wahrheit. Die Wahrheit der Existenz. Unser Weg durch Sein und Zeit ist ja ein Holzweg, der plötzlich aufhört. Es geht immer um das Eigentliche. Das stiftet Welt, das stiftet Sinn. Keine Frage.«

»Und wer kann das ...?«

»Vielleicht die Kunst, vielleicht ein Song. Das Göttliche, die Schöpfung, die Natur, in der wir leben, das ist schon fast verloren, seine Fülle, seine Vielfalt. Ein Song aber ereignet sich. Das ist es, mehr nicht. Das kann alles verwandeln, kann helfen, das Übersehene zu verstehen. Wenn Sie wissen, was ich meine.«

Die Meute der Journalisten merkt, dass die Zeit fortgeschritten ist und die Pressekonferenz allmählich zu Ende geht. Einige erheben sich von ihren Plätzen und drängeln nach vorne an den Rand der improvisierten Bühne.

»Ich glaube schon«, sagt eine Journalistin, die er von früheren Terminen kennt. »John, was stellen Sie sich für ...?«

»Ich habe ja jahrelang in Trailerparks gewohnt. Ich bin erst in den letzten fünfzehn oder zwanzig Jahren sesshaft geworden. Ich habe aus dem Koffer gelebt. Auch eine Form der Existenz. Ich nehme mal an, bei dem ungesunden Lebensstil, den ich in der Vergangenheit geführt habe, werde ich die fünfundsiebzig nicht erreichen.«

Ein ungläubiges Lachen geht durch den Saal.

»Lässt das nicht für die Zukunft ...?«

»Es hat doch noch nie jemand etwas aus der Geschichte gelernt. Ich sage euch, was Geschichte ist: Der Wind kommt von rechts, und am nächsten Tag kommt er von links. Das ist Geschichte.«

Nach dem Gespräch macht sich John schnell aus dem Staub und lässt sich mit dem Taxi zum Bahnhof zurückbringen, um nicht den letzten Zug zu verpassen. Ein unwiderstehlicher Drang, wieder nach Hause zu kommen, hat ihn erfasst. Es ist kalt und regnerisch, der Bahnsteig menschenleer, nur ein junger Typ mit Seesack und Handy wartet neben ihm. Er sieht aus wie ein Rekrut, frisch geschorener Schädel, was immer etwas brutal wirkt, darunter aber ein Babyface mit wässrigen Augen und dünnem Flaum.

Das wird schwer, denkt John.

Der Zug ist fast leer; der andere sieht ihn nicht und steigt nach ein paar Stationen auch gleich wieder aus. John steht auf und schaut sich um. »Scheiße«, sagt er laut und plumpst matt auf den Sitz. Nun ist er völlig allein im Waggon. John bewegt sich nicht, keucht nur und greift trotzdem nicht zum Handy, um jemanden anzurufen. Er will niemanden beunruhigen, denn helfen könnte ihm ja doch keiner. Wenn er hier verreckt, wird ihn erst die Putztruppe am nächsten Morgen finden. »Was ist nur mit mir los?«, murmelt er. Ihm fallen alle Todsünden ein, aber keine bringt ihn ein Stück weiter. Die Zeit verrinnt langsam, er summt ein Lied, irgendeinen Johnson-Blues, um sich abzulenken, und bleibt stabil, bis der Zug nach zwei Stunden in den Bahnhof seiner Stadt einläuft. Er schleppt sich nach Hause, alles ist ruhig, er will niemanden aufwecken. Es geht ihm etwas besser, die Nacht wird er schon überstehen.

Am nächsten Morgen geht er zum Arzt, der ihm Blut abzapft und ihn nach Hause schicken will, um dort das Ergebnis abzuwarten. Aber John traut der Sache nicht und sucht die nahe gelegene Klinik auf. Zweifel schleichen sich ein, überreagiert zu haben, und doch ist da dieses diffuse Gefühl, dass da einer seinen langen Finger nach ihm ausstreckt.

Vier Stunden Untersuchung, sechsmal wollen sie seinen roten Saft, fotografieren seinen Körper von allen Seiten, führen Schläuche ein und messen Druck- und Hitzegrade, bis am Ende eine Computertomografie ein Ergebnis bringt. Seine Lunge ist voller Blut und kurz vor dem Kollabieren.

»John, schauen Sie sich das mal an. Jetzt wissen wir, was mit Ihnen los ist. Kein Wunder, dass Sie so kurzatmig sind.« Die jungen Ärzte zeigen ihm auf dem Monitor die Blutpfropfen, die seine Venen verstopfen und ihm die Luft nehmen. Seiner Lunge droht der Exitus, aber er will heim und noch ein paar Dinge erledigen.

»Hey Jungs, wir machen das so: Ihr bereitet schon mal ein schönes Bettchen für mich vor, und ich bin in zwei Stunden spätestens wieder da. Ich muss noch ein paar Anrufe machen und nach meinen Tomaten sehen. Ist das ein guter Deal?« John schaut sie fröhlich an.

Doch die Ärzte verstehen keinen Spaß. »John, Sie gehen hier keinen Meter mehr allein. Ihnen ist anscheinend der Ernst der Lage noch nicht bewusst.«

Der ältere der beiden legt ihm jovial die Hand auf die Schulter. »Lassen Sie es mich so sagen. Sie sind eigentlich schon tot. Sie haben verdammt viel Glück, dass wir erst gestern eine Frau hier hatten, die ähnliche Symptome zeigte wie Sie. Deshalb haben wir Sie auch nicht weggeschickt und so lange untersucht, bis sich unser Verdacht erhärtet hat. Sie bleiben jetzt schön hier und vergessen Ihre Tomaten, bis sie wieder völlig in Ordnung sind. Okay?«

Sie zwingen ihn in einen Rollstuhl und jagen ihm Spritzen in den Bauch. Er schwebt zwischen den Welten und hofft auf ein Wiedersehen. Als er später in seinem Zimmer liegt, kommt ein Arzt vorbei, den er von früher kennt. Er hat zufällig von Johns Einlieferung erfahren und erzählt ihm, dass fast alle, ob jung oder alt, mit einer Embolie sterben, weil sie keiner bemerken würde. Selbst die stärksten Farmersöhne hätten keine Chance gehabt. Er erzählt von Zimmern mit Wänden voller Blut, das diese Jungs in ihrem Todeskampf, vergeblich um Luft ringend, verspritzt hätten. Ein beschissenes Ende. John schaut sich seinen blau gespritzten Bauch an und hält die Luft an.

Gestern haben sie John aus dem Krankenhaus entlassen. Seitdem denkt er an den Tod. Aber Angst haben und Singen zugleich, das geht gut.

»Uns wird sowieso eines Tages der Himmel auf den Kopf fallen«, sagt John zu seiner Frau, die in der Küche Gemüse schneidet.

»Hör auf mit dem Unsinn. Dafür liebst du das Leben viel zu sehr. Daran ändert auch der Tod nichts.« Mit einem kleinen Messer schält sie die Gurken und hackt sie in einem Tempo, für das John sie immer bewundert hat, in kleine Scheiben. »Nur dass er deinem Leben jetzt noch erkennbarer eingeschrieben ist.«

»Aber das ist ja kein Grund zur Beunruhigung. Im Gegenteil, das schärft vielleicht nochmals die Wertschätzung, die ich ihm entgegen bringe, und relativiert so manche meiner Befindlichkeiten.« John nimmt sich eine Gurke und beißt hinein. »Anyway, my dear, am Ende befähigt es zu gar nichts, dem Gleichlauf aller Tage ist zu entsprechen. Wir müssen alle den Alltag trainieren, mit den verfügbaren Möglichkeiten des Überlebens. Das hat schon Eric gesagt. Und Martin sowieso.«

Seine Frau droht ihm lachend mit dem Messer. »Du bist und bleibst ein Hirntier mit ständigem Fehlverhalten.«

»Hör auf, so schlecht über mich zu reden. Immerhin lebe ich noch und komme mit winzigen Schritten vom Fleck.«

»Schon in Ordnung.« Sie nimmt den Toast und streicht eine braune Paste darauf. »Bitte verzeih, wenn meine Euphorie nicht so überschäumend ist. Du bist mit deinen Wünschen eben oft weit voraus. Jetzt musst du sie aber auch einholen.«

»Das war ja zu erwarten. Immer an der Charmegrenze entlang, so kenne ich dich.« Er gibt ihr einen Kuss. »Aber wenn es mir gelänge, wäre ich glücklich.«

»Das verstehe ich. Aber der Teufel steckt im Detail.« Mittlerweile hat sie den Toast, die Gurken und ein Glas Milch genommen und sich auf die Veranda gesetzt. John läuft ihr etwas mürrisch hinterher und blinzelt in den Sonnenuntergang.

»Du siehst das falsch. Es ist genau anders herum. Erst muss man die Wirklichkeit in den Griff bekommen, um sie dann verwerfen zu können. Das ist der eigentliche Triumph.« »Das mag schon sein«, sagt sie und beißt in den braunen Toast. »Es ist nur dumm, wenn die Träume alle Frühschicht haben und man erst am Mittag aufwacht.«

»Ha, meinst du damit etwa mich? Das ist ungerecht. Soll ich dir etwas sagen?« John setzt sich zu ihr in seinen Schaukelstuhl.

»Vor ein paar Tagen rief die Plattenfirma an: ›Hi, John, wir haben hier Tantiemen für Sie, einen Haufen Geld, wenn Sie uns fragen.‹ Ich sage: ›Fein, Ihr lieben Freunde aus der Abteilung Erlöse und Gewinne, tut es in einen Koffer, ich hole ihn ab!‹ Ich habe den Banken nie getraut. Ich musste das Geld schon immer gut verstecken. Also habe ich die Plattenfirma überzeugen müssen, mir das Geld in bar auszuzahlen. Was sie dann auch getan haben. Und jetzt sag bloß nicht, ich wäre kein ausgeschlafener Junge!« John grinst und tätschelt zärtlich ihre Hand.

Seitdem häutet sich John Wort für Wort, Song für Song. Er macht freundliche Angebote und hält dankbar die Hände auf. Möglicherweise gibt es eine Ahnung, dass etwas Entscheidendes fehlen könnte. Etwas, dessen Existenz fälschlicherweise vorausgesetzt wird. Aber da ist er sich nicht sicher. Denn eigentlich ist er zufrieden. Es geht schließlich immer um die Seele, um den Erhalt einer Leidenschaft. Doch die Berührungen mit anderen bleiben oft zufällig, auch der Leim zwischen Mann und Frau, das wissen alle, klebt nicht dauerhaft, man zerstreut sich und arbeitet sich zu Tode. Das Doping muss stimmen, keine Frage, sonst entsorgt sich die Erinnerung und der Horizont verblasst, und die Schrammen am Körper füllen lediglich die Leerstellen auf. Die Spuren des Lebens ergeben ein Bild, das zumindest bleibt. Der Wettlauf mit der Zeit ist keinesfalls zu gewinnen, aber John ist der Meinung, man müsse es zumindest versucht haben. Graues Haar sei eine prächtige Krone, heißt es schon im Alten Testament, und auch die Chinesen sagen, ein alter Büffel habe schöne Hörner, aber das bleibt für John alles eine Frage der Perspektive und einer häufig unklaren Relation. Zwar runzelt während der Jahre auch die Haut, aber wenn man den Enthusiasmus aufgibt, sagt John, dann runzelt auch die Seele. Dieser Gefahr hofft er, bislang entgangen zu sein. Geburtstage in der Kindheit seien immer ganz toll gewesen, hat er bei einem berühmten Mann gelesen, weil er dann immer seinem Bruder Masern oder ähnliches schenken konnte. Aber John hat gar keinen Bruder.

Will John immer noch unterwegs sein? Fühlt er sich schon alt? »Es ist ein sicheres Zeichen für das Alter eines Mannes«, scherzte Eric mal mit ihm, »wenn dieser vergisst, seinen Hosenschlitz zu schließen. Die richtigen Probleme kommen aber erst, wenn er vergisst, ihn zu öffnen.«

»Ja, ja, der alte Ingwer ist der schärfste«, entgegnete John und kicherte.

»Mit dem Alter werden Kunst und Leben immer mehr eins, und der Mensch und insbesondere der Mann ab dreißig wird zum Gesamtkunstwerk.« Das hat Willie mal gesagt, als sie zusammen hier auf dieser Veranda saßen.

»Es gibt ein Alter, in dem ein Mann schön sein muss, um geliebt zu werden. Und dann kommt das Alter, in dem er geliebt werden muss, um schön zu sein«, entgegnete damals seine Frau, und die muss das ja wissen. Das Älterwerden hat ja auch gesundheitliche Vorteile, das wurde John schnell klar. Zum Beispiel verschüttet er ziemlich viel von dem Alkohol, den er trinken will. Und das Gute an der zunehmenden Senilität ist, dass sie ihn selbst daran hindert, sie zu bemerken.

John jedenfalls tauscht seine Stimme mit vielen, zieht sich den Boden unter den Füßen weg und versucht, das Gesehene im Kopf zu behalten. Das Vergangene ist nicht tot, sagte mal ein weiser Mann, es ist nicht einmal vergangen. Eigentlich ist nichts passiert, aber alles ist anders geworden. Seitdem denkt er jeden Tag an den Tod. Angst haben und Singen zugleich, ja, das geht gut.

# Inhalt